汉译世界文学名著丛书

西西弗神话

［法］阿尔贝·加缪 著

杜小真 译

商务印书馆
创于1897 The Commercial Press

Albert Camus
LE MYTHE DE SISYPHE
1942，Librairie Gallimard
本书根据法国伽利玛出版社 1942 年版译出

汉译世界文学名著丛书
出 版 说 明

1902年，我馆筹组编译所之初，即广邀名家，如梁启超、林纾等，翻译出版外国文学名著，风靡一时；其后策划多种文学翻译系列丛书，如“说部丛书”“林译小说丛书”“世界文学名著”“英汉对照名家小说选”等，接踵刊行，影响甚巨。从此，文学翻译成为我馆不可或缺的出版方向，百余年来，未尝间断。2021年，正值“汉译世界学术名著丛书”出版40周年之际，我馆规划出版“汉译世界文学名著丛书”，赓续传统，立足当下，面向未来，为读者系统提供世界文学佳作。

本丛书的出版主旨，大凡有三：一是不论作品所出的民族、区域、国家、语言，不论体裁所属之诗歌、小说、戏剧、散文、传记，只要是历史上确有定评的经典，皆在本丛书收录之列，力求名作无遗，诸体皆备；二是不论译者的背景、资历、出身、年龄，只要其翻译质量合乎我馆要求，皆在本丛书收录之列，力求译笔精当，抉发文心；三是不论需要何种付出，我馆必以一贯之定力与努力，长期经营，积以时日，力求成就一套完整呈现世界文学经典全貌的汉译精品丛书。我们衷心期待各界朋友推荐佳作，携稿来归，批评指教，共襄盛举。

商务印书馆编辑部

2021年8月

含着微笑的悲歌

古今中外，曾有多少文人迁客面对动荡不安的世界，变幻无常的人生，苦苦地思索着……这本《西西弗神话》就是千百首咏唱人生的悲歌中的一首。

加缪在完成这本哲学随笔的时候，只有29岁（1942年）。和他的小说《局外人》《鼠疫》等名著一样，《西西弗神话》也属于他的成名之作，影响历久不衰。这本书语言简朴，风格淡雅，没有华丽的词藻和鲜艳的色彩，但在平淡之中，我们感受到作者清晰的哲理，在其近乎白描的叙述中，我们体会到作者火热的激情。

加缪1913年生于阿尔及利亚，父亲是管酒窖的工人，在第一次世界大战中应征入伍，负伤身亡，那时加缪只有一岁。加缪随母居住在贫民区里，后来经人帮助获得奖学金，上了中学，又进阿尔及尔大学。为了上学，他勤工俭学，当过机关职员、汽车推销员、气象员。17岁时染上肺结核，真是尝尽了人生的艰辛、世态的炎凉。但他却从不怨天尤人，而是尽情地享受着大自然的馈赠：地中海的阳光和海水。他在大学攻读的是哲学，深受他的老师（后来成为他的挚友）

让·格勒尼埃（Jean Grenier）怀疑论的影响。1934 年，他曾加入法国共产党，但第二年因法共对阿尔及利亚民族主义运动的立场改变而退出。1936 年他完成毕业论文:《基督教形而上学和新柏拉图主义》，主要是通过普洛提诺[①]和圣奥古斯丁思想的论述说明希腊精神与基督教精神的关系。由于身体原因，加缪没有参加哲学教师学衔的考试。1937 年他在好友帕斯卡·皮亚（Pascal Pia）[②]主办的具有社会主义思想倾向的报纸《阿尔及尔共和报》担任记者。

在第二次世界大战中，加缪始终站在反法西斯战争的立场上，他反对绥靖政策，反对反动暴力。他不肯屈从新闻检查，因而触犯当局，他任主编的《共和晚报》被查封，于是他回到法国，任《巴黎晚报》秘书，后来因为政治观点不同而离开，再度失去工作。这之后的一段时间里，加缪回到奥兰，完成了《局外人》、《西西弗神话》以及剧本《卡利古拉》，并开始酝酿《鼠疫》。他积极参加抵抗运动，并在北方解放运动"战斗"组织中工作。1942 年,《局外人》和《西西弗神话》先后出版，加缪一举成名。《局外人》塑造了一个面对荒谬的人的形象,《西西弗神话》系统论述了荒谬和荒谬的人，而后来的《反抗者》则论述了荒谬的行动，于是形成了加缪从觉醒意识到反抗行动的完整哲学体系。

---

① 普洛提诺（Plotinus，公元 205—270），新柏拉图主义奠基人。——编注

② 帕斯卡·皮亚（Pascal Pia，1903—1979）：法国作家、记者和学者，加缪的挚友。——译注

（一）

加缪认为，“伟大的作家必是哲学家”。《西西弗神话》是一部哲学随笔，副题就是“论荒谬”。在加缪的哲学思想中，荒谬不是结果，而是作为起点来提出的。加缪从荒谬这个前提出发对心灵进行探索。

加缪的荒谬实际上就是一种感受，它类似于萨特所说的“厌恶”（La Nausée）。它是一种人的主观意识对于外部世界的非正题的领悟，即对自在的非正题的领悟。一个我们习以为常的世界，一个我们平常非常熟悉的女人，突然间会变得那么陌生，从此变得比“失去的天堂还要遥远，我们不再能理解它们……”这种加缪称之为在非人性因素面前产生的不适感，在我们所见的东西面前引起的堕落就是荒谬。荒谬取决于人和世界，二者缺一就不成其为荒谬。荒谬是“人与世界之间的唯一联系”。人一旦在平庸无奇、习以为常的生活中提出“为什么”的问题，那就是意识到了荒谬，荒谬就开始了，而人也就清醒了。一方面，人看到了这毫无意义、杂乱无章的非人的世界，它是希望的对立面；另一方面，人自身中又深含着对幸福与理性的希望，荒谬就产生于“这种对人性的呼唤和世界不合理的沉默之间”的对抗，荒谬清楚地说明了欲求统一的精神与令这欲求统一的意念失望的世界之间的分离。非理性因素、人的怀念以及与二者同时出现的荒谬就是造成人生悲剧的三位主角。

（二）

既然我们面对的注定是悲剧的人生，是无情无义的荒谬世界，那么，荒谬是否就必然要引出自杀的结果以结束这种在世的生活呢？加缪这位崇仰古希腊哲学的哲学家，具有先哲们的清醒和冷峻，但他又是受地中海阳光海水哺育的文学家，具有诗人的激情和感受，他认为从荒谬导出必然自杀的结论是错误的逻辑。他对严肃的人生问题作出了这样的回答：要对生活回答“是”，要对未来回答“不”！就是这貌似平淡的答案不知震撼了多少麻木的心灵，又不知激励过多少破碎的灵魂！

加缪责备他的启迪者克尔凯郭尔甚至现象学的先驱胡塞尔都没有正确地回答人生这最重要的哲学问题。至于萨特，加缪声称他的这本《西西弗神话》就说明了他与萨特的存在主义毫不相干。加缪决不同意把希望寄托于将来，不希求什么永恒与舒适，不惧怕飞跃产生的危险。穷尽现在——不欲其所无，穷尽其所有，重要的不是生活得最好，而是生活得最多，这就是荒谬的人的生活准则。完全没有必要消除荒谬，关键是要活着，是要带着这种破裂去生活。人有精神，但还有至关重要的身体，精神依靠身体去穷尽现在的一切。正如法国人格主义代表人物穆尼埃[①]所说，还没有人曾像加缪那样歌颂身体的伟大：身体，爱抚，创造，行动，人类的高贵于是在这毫无意义的世界里重新获得其地位。

在加缪看来，没有任何一种命运是对人的惩罚，只要竭尽全力去穷尽它就应该是幸福的。对生活说"是"，这实际上就是一种反抗，就是在赋予这荒谬世界以意义。因而，自杀是错误的，它决不应是荒谬的必然结果。自杀实质上是一种逃避，它是反抗的对立面，它想消除荒谬，但荒谬却永远不会被消除。加缪反对自杀，他对生活充满爱恋，和西西弗一样，他迷恋蔚蓝的天空，辽阔的大海……他要穷尽这一切，他要对生活回答"是"！正是在这一点上，他认为陀思妥耶夫斯基是存在小说家而不是一个荒谬小说家。

（三）

加缪不相信来世，他认为，人若为了寻找生活的意义，为了某种目的或为适应某种偏见而生活，那就会给自己竖起生活的栅栏。荒谬则告诉他：没有什么明天，没有什么来世，

---

① 穆尼埃（E. Mounier，1905—1950），法国哲学家，新闻工作者，人格主义代表人物。——编注

要义无反顾地生活。这就是人的深刻自由的理由，这点是和萨特的自由观不同的。因为萨特的存在主义自由是要脱离日常混沌，超越现在。而加缪所说的荒谬的人则是下决心要在这冰冷而又燃烧着的有限世界中生活。在这世界里并不像存在主义者所说，一切都是可能的。在这样的世界里生活，就意味着对将来无动于衷并且穷尽既定的一切。加缪认为，存在主义对生命意义的笃信永远设定着价值的等级，而荒谬的人则是在清醒地认识到荒谬之后，最后投入到人类反抗的熊熊火焰之中。加缪就这样从荒谬推论出我的反抗、我的自由和我的激情这荒谬的人的道路。

加缪所推崇的荒谬的人是“不肯拔一毛以利永恒的人”，就是追求自我穷尽，追求穷尽既定一切的人。唐璜是加缪称颂的荒谬的英雄：他是欧洲文学中不断出现的伟大智者，不是通常认为的疯狂的非理性主义者，他不相信未来，他的王国就是今天。加缪认为，唐璜的狂热追求体现了一种沉浸于荒谬之中的生活的逻辑结果，他至死满怀无穷尽的激情。

加缪认为，演员是荒谬的人的第二例证。演员在扮演一个个角色的过程中，实践了荒谬的人的命运。他的荣光短暂，却证明了荒谬的人的生活准则：关注确实的东西，毫无未来的希望。演员的荒谬在于：他不是他扮的角色，明知不可完全成为角色，却不顾一切地穷尽之。正如尼采所说：“重要的不是永恒的生命，而是永恒的创造。”

加缪笔下第三个荒谬的人的例证是征服者。在加缪看来，征服者是不愿为将来牺牲现在的人，他的伟大在于尽其所能地生活。他始终清醒地感觉到他的权力恶化的局限，是有理性的人。

加缪认为，唐璜是荒谬的人中的认识型，演员属于智慧型，征服者则属于精神型，他们都是这个荒谬世界里进行清醒思考但又不再有任何希望的人。

（四）

加缪通过他的人生哲理给我们描绘了一幅人生的图画：风尘仆仆的西西弗受诸神的惩罚把巨石推上山顶，而石头由于自身的重量又重新从山上滚下山去，西西弗又走下山去，重新把石头推上山顶。诸神认为再也没有比进行这种无效无望的劳动更加严厉的惩罚了。但是西西弗坚定地走向不知尽头的磨难，他意识到自己荒谬的命运，他的努力不复停歇，他知道他是自己命运的主人，他永远前进。他的行动就是对荒谬的反抗，就是对诸神的蔑视。他朝着山顶所进行的斗争本身就足以充实一颗人心。西西弗对荒谬的清醒意识“给他带来了痛苦，同时也造成了他的胜利”。应该认为，西西弗是幸福的。

但西西弗的命运毕竟应该说是悲剧，只不过悲剧从本质上讲是对苦难的反抗。从这点上讲，加缪不愧是法国当代的伟大思想家。他观察世界及命运的眼光是那样犀利、冷静，近于残酷；但对人生，对大自然却充满无比的激情和热爱，他认为，为了这个热爱，就必须历尽苦难。因为痛苦和幸福本来就是同一大地的两个产儿，荒谬是能够产生幸福的。这里，我不禁想起加缪的老师和挚友让·格勒尼埃在《加缪全集》第一集的前言中的一段话："很难把加缪列到伊壁鸠鲁和芝诺之中，虽然这两个流派是那样地吸引过他——前者是由于身体学说，后者则是由于精神学说。然而，加缪的伊壁鸠鲁主义是社会的，他的斯多噶主义则是微笑着的。"① 加缪在《西西弗神话》中咏唱的的确是一首"含着微笑的悲歌"。

《西西弗神话》这本书出版到现在，半个多世纪过去了。但加缪在其中提出的问题仍然是引人注目的。一位法国朋友曾对我说，加缪的《局外人》和《西西弗神话》是她 18 岁时的床头书。这说明，加缪曾是战后一代青年的精神导师。这不仅仅因为他是法国最年轻的诺贝尔文学奖获得者，也不仅仅因为他在文学、戏剧、哲学上的成就，更重要的是他独特而清晰的思维提出了一代人关心的问题，而他明知不能根除世上的邪恶而仍以西西弗下山的坚定步伐走向荒谬的精神，则更加强烈地激励着受到严重心灵创伤的战后一代。半个世纪后的今天，这本小书若仍能启发人们的思考，帮助人们加

---

① 参见《加缪全集》第Ⅰ卷，伽利玛出版社，"七星文库"，1962 年。

深理解当代西方人思想的发展和变化，那么翻译这本小书的目的也就达到了。

杜小真

1986 年 3 月于北京燕东园

2011 年 5 月修订于北京昆玉河畔

目　录

荒谬的推理

荒谬的人

荒谬的创造

西西弗神话

献给帕斯卡·皮亚

我的灵魂啊，不求永生，唯尽所能吧。

——品达[1]：德尔斐竞技会颂歌之三

① 品达（Pindare，约前518—前438），古希腊最著名的抒情诗人之一。——编注

本书要论述的是本世纪到处存在的荒谬的情感——而不是严格地说我们时代还没有认识到的荒谬的哲学。因此，首先应该明确地指明，这些论述得益于某些现代思想的是什么。我对这个意图几乎没有丝毫隐瞒，以致人们在读本书时将自始至终看到对这些现代思想的论述。

不过，还有必要同时指出，迄今为止还被看作是结论的荒谬，在本书中是被作为起点而提出的。从这个意义上讲，可以说我的结论中包含某种假设的因素：人们不可能预先对他要实行的立场进行判断。在此，人们只能得到在纯粹状态下对精神痛苦的一种描述。这种描述目前尚未掺杂任何形而上学和任何信仰。这是本书论及的范围，也是唯一限制本书内容的框架。

荒谬的推理

荒谬与自杀

真正严肃的哲学问题只有一个：自杀。判断生活是否值得经历，这本身就是在回答哲学的根本问题。其他问题——诸如世界有三个维度，精神有九个或十二个范畴——都是次要的，不过是些游戏而已；首先应该做的是回答问题。正如尼采所说，如果一个哲学家要自己的哲学受到重视，那他就必须以身作则；要是这种说法是正确的，人们就会理解到回答这个问题是多么重要，因为这种回答先于决定性的行动。心灵对这些显而易见的事实是十分敏感的。但是，应该更深刻地分析这些事实以便使精神明了它们。

如果要问，根据什么而得出这个问题比其他问题更为急迫这种判断呢？我会回答说，根据它要进行的行动。我还从未见过为本体论原因而去死的人。伽利略曾经坚持过重要的科学真理，然而，当这一真理危及到他的生命时，他就轻易地放弃了自己的主张。从某种意义上讲，他做得对。为这个真理遭受火刑是不值得的。地球或太阳哪个围绕哪个转，从根本上讲是无关紧要的。总而言之，这是个微不足道的问题。但是，我却看到：许多人认为他们的生命不值得再继续下去，因而就结束了生命；我还看到另外一些人，他们悖论性地为着那些所谓赋予他们生活以意义的理想和幻想而死（被人称之为生活的理由同时也就是死亡的充分理由）。因而我认为生命意义的问题是诸问题中最急需回答的问题。如何回答这个问题呢？我认为那些要冒险去死的人和那些以十倍的热情渴望生的人都只有两种思考一切基本问题的答案的方法：一种是拉帕利斯[①]的方法，另一种是堂吉诃德的方法。事实推理法和抒情诗式表达法的平衡是使我们能同时获得激情与清醒的唯一途径。我们可以设想，在一个既如此卑微又如此富于悲怆情调的主题中，玄妙经典的辩证法应该让位，让位给更加谦逊的精神态度，而这种态度既来自常识，又来自同感。

人们向来把自杀仅仅当作一种社会现象来分析。而我则正相反，我认为问题首要的是个人思想与自杀之间的关系问题。自杀的行动在内心默默酝酿着，犹如酝酿一部伟大的作品。但这个人本身并不觉察。某天晚上，他开枪或投水了。人们曾对我谈起一个房地产经纪人自杀了，说他在五年前失去了女儿，从此他就完全变了，人们说他的经历早已为自杀的行动“设下了伏雷”，人们还没能找到比“设下伏雷”更准确的词。开始思想，就是开始设下伏雷。社会在与自杀的开始并无关联。隐痛深藏于人的内心深处，正是应该在人的内

① 拉帕利斯（La Palisse，1470—1525），法国贵族、将军，曾为查理八世、路易十二和弗朗索瓦一世三代君王服务，参加过当时所有对意大利的战争。——译注

心深处去探寻隐痛。这死亡的游戏是由面对存在的清醒，过渡到要脱离光明的逃遁。我们应该沿着这条线索去理解自杀。

自杀的发生有许多原因，总的说来，最清楚明显的原因并不是直接引起自杀的原因。人们极少（但不能排除）因为反思而自杀。引发危机的因素几乎总是不能确定的。报纸上常常谈到“内心的忧伤”或“无法医治的病痛”，这些解释是对的。但似乎还应知道，如果在同一天里，有个朋友对那丧失希望的人以一种漠然冷淡的语调说话，那这个朋友就负有罪责。因为他的话足以加剧失望者的痛苦，加剧他悲观厌世的情绪。[①]

然而，尽管准确地确定思想何时决定死亡以及采取什么微妙的步骤是很困难的事，但从死亡行动中得出其所预定的结果则比较容易。在某种意义上讲——就像在情节剧中那样——自杀，就是承认，就是承认被生活超越或是承认并不理解生活。我不必把这种类比扯得太远，还是回过来用一些通常的用语加以说明。自杀只不过是承认生活着并不“值得”。诚然，活着从来就没容易过，但由于种种原因，人们还继续着由存在支配着的行为，这其中最重要的原因就是习惯。一个人自愿去死，则说明这个人认识到——即使是下意识地——习惯是可笑的，认识到人活着的任何深刻理由都是

① 在这里不应忘记这样的论述是有相对性的。自杀的确可能与更加高尚的考虑相关。比如中国革命中以死抗争的所谓政治自杀。——原注

不存在的，就是认识到日常行为是无意义的，遭受痛苦也是无用的。

那么，这种难以尽述的情感，这种使精神生活失去对它来说是必须的麻木的情感究竟是什么呢？一个哪怕可以用极不像样的理由来解释的世界仍是人们感到熟悉的世界。然而，一旦世界失去幻想与光明，人就会觉得自己是局外人。这一放逐是无可挽回的，因为他被剥夺了对失去的家乡的记忆，而且丧失了对未来世界的希望。人与他的生活之间的，演员与舞台之间的这种分离，真正构成荒谬感。无须多加解释，人们就会理解到：在所有健在而又已经想过要自杀的人身上，这种荒谬感与对虚无的渴望直接相关。

本书的宗旨就是要讨论荒谬与自杀的关系，讨论在什么确定的范围内自杀成为荒谬的一种结果。我们在原则上可以说：在一个真诚的人看来，他笃信的东西必定会决定他的行动。因而，认为存在是荒谬的信念就必定会决定他的行为。人们自然可以好奇地问——清楚地而且不是故作悲伤地——这种推理的结果会不会要求人们尽快地离开这不可理解的环境呢？显而易见，我在这里说的是那些准备与自身协调一致的人们。

这个问题明确地提了出来，它似乎显得既很简单却又难于解决。如果认为简单的问题其答案更为简单，或明晰性引发出明晰性，那就大错特错了。若先验地，颠倒这个问题的各项，那就和人自杀还是不自杀的问题一样，似乎只有两种哲学结果，即“是”和“不”这两种结果。这真是妙不可言！但是，还应给那些没有得出最终结论而总是提出疑问的人留些地方。我这里稍微说点反话：其实这样的人是大多数。我还同样看到一些人，他们嘴上回答的是“不”，但其行动却证明他们想的是“是”。根据尼采的准则，这些人实际上是用一种或另一种方式来思考“是”的。相反，那些自杀的人又常常可能确信生活的意义。这样的矛盾屡见不鲜。甚至可以说，这些矛盾从来没有像在这样的地方那样深刻，在这个地方反而应该期望逻辑的存在。把诸种哲学理论与那些宣扬这些理论的人的行为加以比较是很常见的事情。但是，应该指出，在对生活意义持否定态度的思想家中，除了文学作品中的人物基里洛夫[①]，耽于幻想的贝尔格里诺斯[②]和善于假设的于勒·洛基叶[③]之外，没有一个人把否定生活意义的逻辑推理发展到否定这个生活本身。为了嘲笑这种推理，人们常常举叔本华为例。叔本华在丰盛的桌子前歌颂着自杀。其实，这并没有什么可笑的。这种并不严肃对待悲剧的方式并不是那么严重，但用它最终可以判断使用它的人。

在这些矛盾和困难面前，是否能认为，在人们可能对生

---

① 基里洛夫，俄国作家陀思妥耶夫斯基作品《群魔》中的人物。——编注

② 我听说贝尔格里诺斯的一个竞争者——一位作家，战后完成了他的处女作，为了要作品引起注意，他自杀了。他确实引起了注意，但他的作品仍被认为是失败的。——原注

③ 于勒·洛基叶（Jules Leguien，1814—1862），法国哲学家。——译注

活产生的看法和人们为离开生活而进行的行为之间没有任何联系呢？我们在这点上还是不要夸大其词。在一个人与自己的生活的关系中，存在着某种比世界上的一切苦难更强烈的东西。身体的判断和精神的判断是相等的，而身体面对毁灭畏缩不前。我们在习惯于思考之前业已习惯于生活。在迫使我们每天都一步步向死亡靠近的奔跑中，身体相对思考而言总是保持着这不可消除的在先。最后，这个矛盾的本质寓于我们称之为“躲闪”的东西之中，因为，这种“躲闪”既多于又少于帕斯卡的“躲离”。对死亡的躲闪是本书的第三个论题，那就是希望：对另一种“值得过的”生活的希望，或者对那些不是为了生活本身而是为了某种伟大思想而生活的人的欺骗，而这种思想超越了生活，使生活升华，它赋予生活某种意义并且背离了生活。

这一切使事情复杂化了。人们至此玩弄词句并且极力假装相信：否认生活的意义势必导致宣称生活不值得再继续下去，不过，这些企图并非毫无用处。事实上，在这两种判断之间并没有任何必然的共同标准度。只不过应该避免被上面提到的混乱、不一致和矛盾的问题引入歧途。应该避开这些，深入到真正的问题中去。一个人自杀是因为生活不值得经历，这无疑是一个真理——然而它是贫乏的真理，因为它是显而易见的。但是这种对生活的诅咒，这种生活深陷其中的失望是否就是因为生活没有意义而产生的呢？生活的荒谬性是否就迫使人们或通过希望或通过自杀来逃避它呢？这就是必须集中揭示、探寻并且阐明的问题。荒谬是否决定死亡？应该在所有思想方法和超然的精神活动之外，给予这个问题最高的重要性。“客观”精神总是能够把差异、矛盾、心理引入所有问题之中，而这些东西在我们的研究中、在这个情感中是没有地位的。这里需要的只是一种非正当的，即逻辑的思想。这并不是一件易事。合乎逻辑总是很容易的，但要从头至尾都合乎逻辑几乎是不可能的。自己结束自己生命的人至死仍任凭其情感行事。对于自杀的思考给了我一个提出唯一使我感兴趣的问题的机会：至死不变的逻辑是否存在？这个问题的答案只有遵循我要指出其根源的推理才可能得出，在这个过程中决不能带有混乱的情感冲动，而只能依靠对事实的分析。这就是我所谓的荒谬的推理。许多人已开始了这种推理，但我尚不知道他们是否坚持了下去。

在揭示了不可能构成统一的世界时，雅斯贝尔斯[①]大声疾呼：“这样的限制把我引向我自身，我在自身中不再能躲避在一个我只能表象的客观观点的后面，这样，无论是我自己还是他人的存在都不再能成为我的对象了。”这时，他继许多作家之后又提到这荒芜缺水之地，思想在其中已是山穷水尽。继许多作家之后，是的，也许是如此。但是，有多少人急于要从中挣脱出来啊！许多人，以及许多最卑微的人，到达了

① 雅斯贝尔斯（Kart Jaspers，1883—1969），德国存在主义哲学家、神学家、精神病学家。——编注

这一思想在其中摇摆不定的最后关头。这些人于是放弃了他们曾有的最珍贵的东西——他们的生命。另一些人是精神骄子，他们也放弃了，但他们是在最纯粹的反抗中，进行了思想的自杀。相反，真正的努力则在于尽可能地坚持，并仔细地观察遥远处的奇异植物。执着和洞见，二者是这非人游戏的特殊旁观者。荒谬、希望和死亡在游戏中角逐争斗。精神在阐明并重新经历这种基本的而又微妙的争斗的种种面貌之前，就已经能够分析它们了。

荒谬的墙

像伟大的作品那样，深刻的感情总是包含着比其有意识要说的多得多的东西。心灵中发生的不断的运动及冲动同样发生在行为与思维的习惯之中，并且在心灵本身未察觉的诸种后果中继续进行着。伟大的情感携带着各种不同的天地——光明灿烂的或贫困痛苦的天地——与自己一起遨游。这些伟大的情感用自己的激情照亮了一个独特的世界，并在这个世界中遇到了适合于它们的气氛。有嫉妒、利欲与利己的世界，还有慷慨大度的世界。一个世界，就意味着一种形而上学或一种思想立场。对于那些特定的情感来说是真实的东西，对于那些从根本上说是不确定的情感来说将会更加真实，而这种不确定的情感就像美给予我们或荒谬引起情感那样，既是混乱的，又是“确定的”，既是遥远的，又是“在场”的。

无论在什么转折路口，荒谬感都可能从正面震撼任何一个人。荒谬感是赤裸裸的，令人伤感，它发出光亮，却不见光迹，所以它是难以捉摸的。而这个困难就值得我们去思考。也许，真有那么一个人，他于我们永远是陌生的，而且他身上总带有某种我们抓不住的不可还原的东西。但是，我**实际地**熟悉一些人，我能够通过他们的行为、他们活动的总体以及他们的经历在生活中造成的结果分辨出他们来。同样，对于这些分析无法把握的非理性情感，我也可以**实际地**确定和评价它们，这是通过将它们的所有结果汇集到理智的领域，通过把握、关注它们的一切形态，通过勾画它们的世界而进行的。确实，从表面看来，我见了一个演员一百次，也不会对他有更深的认识。但如果我总结他所演的角色，如果我说，在我列数他演的第一百个角色之后，我对他有了一点更深的了解，那么，人们会感到这种看法有一部分是正确的。这表面的悖论也是一则寓言，其中包含深义。它要说，一个人既通过他的表演，也通过他真实的冲动确定自己。一些更深的，心灵不能达至的情感也都是如此，而这些情感是被它们自己所激发的行动以及自己以之为前提的精神立场部分地泄露的。读者因此可能感到我在确立一种方法。读者还会感到，这种方法是分析的方法，而不是认识的方法。因为这些方法都包含着形而上学，它们不知不觉地泄露那些它们有时声称尚未被认识的结论。因而，一本书的结局已经寓于它的开头部分。这个关联是不可避免的。我在此确立的方法承认这样一种情感：任何真实的认识都是不可能的。唯有显象（apparences）能被揭示出来，唯有相应的气氛能让人们感觉到。

这种不可捉摸的荒谬情感，我们有可能在理智的、生活艺术的或艺术自身的世界（这些世界是不同的，然而却是兄弟般相关联的）中遇到。开始是荒谬的气氛。终结则是荒谬的世界，以及照亮世界固有面貌的精神态度，这种照亮是为了让精神态度已经认识的世界的独特的、无可改变的面貌显现出来。

一切伟大的行动和一切伟大的思想都拥有一个微不足道的开始。伟大的作品通常产生于路口或饭馆的喧嚣声中。荒谬也是如此。和其他一个世界比较，荒谬的世界更是从这卑微的出身中获取它的崇高。在某些处境中，一个人对其思想是什么的问题回答说："没什么"，这可能是一种伪装。被爱者清楚地明了这一点。但是，如果这个回答是坦诚的，如果这个回答形象地表现了心灵的一种特殊状态——在这种状态中，空无（vide）成为不容争辩的事实，日常连续的行为中断了，心灵则徒劳地寻求重新连接这些行为的纽带——那么，它就是荒谬的最初标志。

有时，诸种背景崩溃了。起床，乘电车，在办公室或工厂工作四小时，午饭，又乘电车，四小时工作，吃饭，睡觉；星期一、二、三、四、五、六，总是一个节奏：绝大部分时间里这条道路很容易沿循。一旦某一天，"为什么"的问题被提出来，一切就从这带点惊奇味道的厌倦开始了。"开始"是至关重要的。厌倦产生于一种机械麻木生活的活动之后，但它同时开启了意识的运动。它唤醒意识并且激发起随后的活动。随后的活动是无意识地重新套上枷锁，或者是确定性地觉醒。觉醒之后，随着时间的推移，就会产生结果：自杀或是恢复旧态。厌倦自身中具有某种令人作呕的东西。在此，我应得出这样的结论：厌倦是件好事。因为一切都始于意识，而若不通过意识，则任何东西都毫无价值。这些观点并不包含什么独创之处。它们都是显而易见的：在某一段时间内，这就足以概括认识荒谬的起源。一切都起源于这平淡的“烦”。

同样，在平淡无光生活的日日夜夜，时间带着我们往前走。但是，我们带着时间往前走的时刻总会到来。我们是向着未来生活着的：“明天”，“以后”，“你成功的时候”，“随着年龄增长你会明白”。这些悬而未决的设想值得重视，因为它们最终都与死亡相关。然而在某一天，一个人确认或者说出他三十岁了。他就这样确定了他的青年时代。但同时，他是通过时间而处于青年时代的，他在时间中取得他的位置。他认识到，他在某一时刻处于一条他承认必须穿过的曲线那里。他是属于时间的，并且通过这种突然抓住他的恐怖，认识到自己最凶恶的敌人。明天，在他本该全身心拒绝明天之时，他还是寄希望于明天。这种肉体的反抗，就是荒谬。①

更低一级是陌生性：发现世界是“密闭无隙”的，发现一块石头是多么地陌生于我们，并且是多么地不能归结到我们这里，以及大自然、一道风景又是多么地能够否认我们。

① 这里不是取荒谬一词的原意。这并不涉及定义问题，而只涉及对包含着荒谬因素的诸种感情的罗列。罗列已经结束了，但人们并没有穷尽荒谬的意义。——原注

在任何美的深处都包含着某种非人的因素，这些山丘，这宁馨的天空，这些树影就在这一刻失去了我们赋予它的梦幻意义，从此就变得比失去的天堂还要遥远。世界原初的敌意经过千年又与我们相遇。我们在一瞬间突然不再能理解这个世界，因为，多少世纪以来，我们对世界的理解只是限于我们预先认为是它的种种形象和轮廓，而从此，我们丧失了使用这种方法的力量。世界逃离我们，因为它又变成了它自己。这些被习惯掩饰着的背景又变回为它们之所是。它们远离我们。这就好像一个人在某段时间里，突然感到平日很熟悉的一个女人的面孔变得完全陌生，而他曾经爱恋过她几个月或几年，可能我们甚至渴望那些使我们突然置身于孤独之中的东西。但时间还没有到。唯一确定的事实是：世界的这种密闭无隙和陌生，就是荒谬。

世人也散发出非人的因素。在某些清醒的时刻，他们机械的动作，他们毫无意义的手势使得他们周围的一切变得荒谬起来。在玻璃隔板内有个人在打电话，我们听不见他的声音，但却看见他毫无意义的动作：我们不禁会问他为什么活着。这种面对人本身的非人性所感到的不适，这种面对我们所是的形象感到的巨大失败，这种被我们时代的某个作家[①]称作“厌恶”的感情，同样也是荒谬。我们某些时刻在镜子

① 指萨特。——译注

里看到的陌生人，我们在自己的相片上看到的熟悉而又令人厌烦的兄弟，同样还是荒谬。

最后，我转到死亡以及我们对之的态度上来。对于这一点该说的都已说了，所以应该不再悲伤。然而，人们对如下一点永远不会过于奇怪的：每个人都像无人“知道”死亡那样生活。这是因为，在实际中并不存在死亡的经验。从确切意义上讲，只有被经历的东西，只有被意识到的东西，才能成为被经验的。我们只勉强能够谈论其他人的死亡经验。这是一种替代，一种思想观点，我们永远不能过于相信它。这种通常的伤感是没有感染力的。恐惧实际上来自事件的确定无疑的方面。如果时间使我们畏惧，那是因为它带出了问题，结果随之而来。在这里，至少在某一段时间内，有关灵魂的所有美好词句都将要再次接受对立的考验。灵魂从惰性的、拍击已不再对之起作用的身体那里消失而去。遭遇的这种根本而又确定的一面就成为了荒谬感的内涵。在这命运的死亡之下，无用性显现出来。在支配我的环境条件的残酷的数学面前，任何一种道德、任何一种努力都不能先验地证明自己是正确的。

我再重复一遍：所有这一切都有人说过和不止一次地说过。我在此只不过是作一简要的概括并且指出这些明显的论题。这些论题几乎出现在所有文学和哲学的著作中，它们也是日常谈话必不可少的话题。根本不需再创造它们。然而，为了随之能提出最重要的问题，我们应该确定这些事实。我再重复一遍，我感兴趣的不是这些荒谬的发现，而是荒谬的结果。如果人们确信这些事实，应该得出什么结论呢？应该走至何处以囊括全部应有的结论呢？是应该自愿去死，还是不顾一切地去希望？在此有必要预先在“理智”层面做同样简要的清理工作。

思想最初的活动就是区分真伪。然而，思想只要对自己进行反思，首先发现的就是矛盾。在这里想要有说服力是徒劳的。多少世纪以来，没有一个人能比亚里士多德对此揭示得更清楚、更雄辩了：“可笑的是，这些意见的论断往往是不攻自破的。因为断定一切都是真的，我们就断定了相反的论断也是真的，因此，也就断定了我们的论题的假（因为相反的论断不允许它是真的）。如果有人说，一切都是假的，那这个论断也是假的。如果有人宣称，只有与我们的论断相反的论断是假的，或者只有我们的论断才不是假的，那我们似乎就应该被迫承认有无穷多的真的或假的判断。因为，做出一个真论断的人同时在宣称这个论断是真的，以此类推直至无限。”

这个恶性循环是这样一系列的第一步，在这个系列中，关注自身的精神在一种令人眩晕的旋转之中迷失了。这些悖论的简单明了使得它们自己成为不可还原的。不管运用什么文字游戏和逻辑的技巧，理解首先就是去进行统一。精神最深刻的欲望，即使在其最复杂的活动中，也会与面对自己环境的人的潜意识感情相汇合：它是对亲密友爱的要求，是对光明的渴求。对一个人来说，理解世界就是把它归约到人类那里，给它打上人的烙印。猫的世界不是蚂蚁的世界。“任何思想都是人格化的”，这个显明的道理没有其他含义。同样，努力要理解世界的精神，只有当它把实在用思想的语言表达出来时，它才能够感到满意。如果人们承认世界自身也能够去爱、去忍受痛苦的话，那就与世界和解了。如果思想在诸种现象的变化的镜子中发现一些永恒的关系——这些关系能够用同一原则概括这些现象并且能够概括自我——我们就能够谈论精神的一种幸福，享受幸福的人们的神话只不过是对这的一种可笑的模仿。这种对统一的思念，这种对绝对的渴望表明着人类悲剧的重要运动。但这种思念是一个事实这一点并不意味着，思念应该立刻被满足。如果通过越过欲望与成功的鸿沟，我们与巴门尼德一起断定“一”的实在（不论是什么样的“一”），我们就会陷入一种可笑的精神矛盾中去，这种精神断定存在着总的统一并且是通过断定自身的差别和多样性来证明，而这种差别和多样性是它声称要去解决的。这另一个恶性循环足以扼杀我们的希望。

这仍然是自明的。我还要重复说，这些自明的东西自身并不令人感兴趣，它们之所以令人感兴趣是因为人们从它们之中得出的结果。我还知道另一个自明的真理：人是要死的。人们可以列数从这个真理引出极端结论的种种思想。在本书中，我们应该不断地参考我们认为是知道的东西与我们实际知道的东西之间经常存在的差距，应该不断地参考实际的赞同和伪装的无知——这种无知使我们带着那会把我们整个生活都搞乱的思想（如果我们真的体会到它们的话）生活。面对精神无法解决的矛盾，我们恰恰应该完全地把握住把我们与我们自己的创造隔离开的东西。只要精神在其希望的平静世界中默默无言，一切都显示出来并被安置在精神怀念的统一之中。但这个世界在其最初的运动中就破裂崩溃：无数闪着光的碎片呈现给了认识。永远不应该希望恢复那给予我们心灵平静的熟悉而又宁馨的表面。经过多少世纪的寻觅探索，经过多少思想家的放弃，我们清楚地知道，这对于我们的每个认识都是真的。除了那些职业理性主义者之外，人们今天都不再希望获得什么真实的知识。如果一定要写一部富有意义的人类思想史，那就应该从人类思想绵绵不绝的悔恨、从人类思想的软弱无能的历史写起。

对于什么人，对于什么东西我能真正地说："我了解这个！"我的心，我能感受到它，我断定它存在着。这个世界，我能触摸它，我也断定它存在着。我的全部学识就到此为止，其余的都是一种建构。因为，如果我试图把握我认为确定的这个"我"，如果我试图给它下定义并概述它，那就只会有一股水流从我手指间流过。我能依次描画它能具有的一切面貌，以及人们赋予它的一切面貌：教养、出身、热情，或安静、伟大，或渺小。但人们并不把这些面貌相加起来。这颗是我的心将总是不能确定的。我对我的存在的确信和我企图提供给这种确信的内容之间存在着不可逾越的鸿沟。我对于我自身将永远是陌生的。在心理学中就像在逻辑学中一样，有各种事实，但却没有真理。“认识你自己”，苏格拉底的这句话与我们的布道者所说的“你要有道德”的话具有同等价值。二者都揭示了一种怀念，同时也揭示了一种无知。这是对伟大论题玩弄的贫乏游戏。这些游戏只在它们是相似的范围内合法。

这里还有一些树，我熟悉它们粗糙的树皮，还有这水，我感觉到它的味道。这草的香味，这些星星，这黑夜，这些使心灵舒展畅快的夜晚，我怎么能否认这个我感到它的权力和力量的世界呢？但是，有关大地的全部科学知识不会提供给我任何东西以使我确信这个世界是属于我的。科学啊，您曾向我描述过这些权力和力量并且教我把它们分门别类。您概括了它们的规律，这样，我在求知的渴望中感到它们是真实的。最后，您告诉我这个奇幻无穷的宇宙可还原为小小的原子，原子可还原为电子。这一切都对，我等待您继续下去。但是，您对我谈论一个看不见的行星般的体系，其中电子围绕着一个核运转。您用一个图像对我解释这个世界。我于是认识到您来到了诗的世界：我永远不会认识这个诗的世界。我是否有时间为此而气愤呢？您已经改变了您的理论。于是，应该告知我一切的科学最终陷于假设，清晰最终陷于隐喻，而不确定则在艺术作品中消解。为什么我需要花费那么多的气力呢？这些山丘柔和的曲线，这晚上放在跳动的胸口上的手教会我更多的东西。我于是又回到我开始的地方。我知道，尽管通过科学我能把握现象并概述它们，但我就不能以此方式理解这个世界。当我借助手熟知世界的全部地形之后，就不可能再进一步了。科学啊，您让我在确定无疑的然而于我毫无用处的描述与那些声称要教育我但却是不确定的假设之间加以选择。我对自身、对世界都是陌生的，并且只有思想，而思想只要肯定什么就自我否定，这样我在其中只有放弃求知和生命才能得到平静的环境，对成功的渴望在其中处处碰壁的环境，究竟是什么呢？欲求，就是引发起种种悖论。一切安排有序，为的是产生腐坏的平静，这种平静是无虑的情感、心灵的困倦或致命的弃绝的结果。

理智以它的方式也告诉我这个世界是荒谬的。它的对立面——盲目的理性徒劳地宣称一切都是清楚明白的，我也曾期待着理性的证明，希望理性是正确的。但是，尽管有那么多的自命不凡的世纪，尽管有那么多能言善辩之才，我仍然知道它是错误的。至少可以说，在“如果我不能知，那就没有幸福”的层面上是错误的。诚实的人认为实践或道德的普遍理性、决定论，这些解释一切的范畴很滑稽可笑。它们与精神毫不相干。它们否认精神的应该被抓住的真理。在这个不可理解的有限世界里人的命运获得了自身的意义。非理性的人们站了起来，并且始终围绕着这个意义。在他们恢复了的、现在又相互协调了的明智中，荒谬的感情变得清晰明确了。我在前面曾说过这世界是荒谬的，但论述过于简单。这个世界本身并不是理性的，这是人们所能说的一切。荒谬的东西是非理性的人遇到了对清晰的狂热渴望，这种渴望的呼唤在人的心灵深处回响。荒谬在于人，同样也在于世界。它是目前为止人与世界之间的唯一联系。它把人与世界互相联系起来，犹如共同的仇恨能够把诸个存在联系起来一样。这是我能在这个无限的世界中辨别出来的一切，而我就在这个世界遭遇到生活。我们要在这里耽搁一下：如果我相信这支配我与生活的关系的荒谬感是真实的话，如果我相信在世界前面控制住我的这种感情，相信把科学探索强加于我的这种洞察力，我就会把一切都贡献给这些信念，而且还应该正视它们，以便能够把握它们。我尤其应该根据它们调整我的行为，并且在它们的一切后果中继续我的信念。我这里谈到诚实。而我事先要考虑的是思想是否能在这荒漠之中生存。

我已经知道，思想至少是已进入了这片荒漠，它在荒漠中找到了自己的食粮。在荒漠中，它懂得了它至此是沉浸在幻想中。它曾为人类所思考的某些最急迫的主题提供过理由。

自被认识到的那一刻起，荒谬就是一种激情，一种在所有激情中最令人心碎的激情。知道人是否能怀着他的诸种激情生活，知道人是否能接受这些激情的深刻规律——即它们在迸发出来的同时也燃烧了心灵——就是全部问题所在。但这还不是我们马上要谈到的问题。这个问题处在荒谬体验的中心。以后我们会有机会再谈到它。我们更应该认识那些来自荒漠的主题和冲动。这里只需简单地概述一下它们的情况。

而且，今天所有的人都知道这些主题与冲动。许多人都为非理性的权利做过辩护。可被称为卑微思想的传统从来没有停止存在。对理性主义的批判已经进行了那么多次，以至于似乎无需再进行这种批判了。然而，在我们的时代，这些悖论性的体系又见兴起，它们想方设法要压倒理性，其气势似乎表明在过去就略胜一筹。这不是理性有效性的证明而是希望的蓬勃热情。在历史的范围内，这两种态度的持久存在说明了人的最基本的情感，而人则是撕裂在期望统一，同时又清楚地知道他可能被窒息他的墙所包围之间。

但是，历史上也许从来没有任何时候会像我们的时代这样猛烈地对理性进行抨击。自从查拉图斯特拉疾呼："它出乎意料地成了世界上最古老的贵族。当我说，任何永恒的意志都不曾想超过它的时候，我已把世上的一切交给了它"，自从克尔凯郭尔染上不治之症："在这致死的痛苦之后一切皆空"之后，荒谬思想的各种痛苦的和有影响的论题出现了。或者说，至少是非理性思想和宗教思想的各种论题出现了，当然我们不应忽视至少所强调的。在逻辑和道德的层面，从雅斯贝尔斯到海德格尔，从克尔凯郭尔[①]到舍斯托夫[②]，从现象学家到舍勒[③]，有一个由对过去的怀念联系在一起的精神家

---

① 克尔凯郭尔（S. Kierkegaard，1813—1855），丹麦宗教哲学心理学家，诗人。——编注

② 舍斯托夫（Chestov，1866—1938），俄国作家、哲学家。——译注

③ 舍勒（Scheler，1874—1928），德国哲学家。——译注

族。他们尽管由于各自不同的方法和目的而有各种矛盾，但都致力于去阻挡理性的所谓光明之路，而去寻找一条直通真理的道路。我这里设定的是已被认识和已经被体验过的思想。不论他们的欲望是或曾经是什么，他们都是从这个充满矛盾、对立、焦虑或软弱无能的难以言状的世界出发的。他们共同之处就是我们已经揭示过的论题。应该说，对他们来讲特别重要的也是根据这些发现能够作出的结论。另外，分别考察这些发现也同等重要。但现在，我们只涉及他们的发现和最初的经验；只涉及他们的共同点。如果说，论述他们的哲学是奢望的话，那显示他们的共同气质则是可能的，而且无论如何也足够了。

海德格尔冷静地观察了人类命运并且宣告这种存在是卑微低下的。而唯一的实在，是存在链条中的“烦”。对于被抛到世界上的人以及他的欢乐来说，这“烦”是一种短暂而又难以捉摸的恐惧。但当这种恐惧觉悟到自身时，它就变成为畏——清醒的人的一种恒常氛围，而生存就处身于这氛围之中。这位哲学教授无所畏惧地用世界上最抽象的语言写道：“人的存在确定的与有限的特性比人本身更为重要。”他对康德很感兴趣，不过他的兴趣只在于认识其“纯粹理性”有限的特性。他通过理论分析，得出这样的结论：“世界不再能提供给畏着的人以任何东西。”他认为这种“烦”实际已达到超越理性范畴的地步，以致他只考虑到“烦”并且只谈论这“烦”。他列数了“烦”的种种表现：平庸的人企图在自己身上缓和并减轻“烦”的时候所产生的厌倦，思想在沉思死亡时所产生的恐怖。海德格尔同样没有把荒谬和意识分离开来。对死的意识，就是“烦”的召唤，于是，“存在通过意识的媒介向自己发出一声召唤”。“对死的意识就是畏的声音，而且它恳求存在从迷失在匿名的常人中恢复回来。”海德格尔还认为，不应当沉睡，而应当保持清醒直至消亡。他本人就是在这荒谬的世界里坚持生活，但他特别指明这个世界是要消失的。他在断壁残垣中探索着自己的道路。

雅斯贝尔斯对任何本体论都失去信心，因为他断定我们身上的“朴素”已荡然无存。我们不能得到任何可以超越各种显象的必然要消亡的游戏的东西。他知道，精神的结果必是失败。他长时间地徘徊于历史揭示给我们的精神冒险那里，他毫不留情地揭穿了每一体系的缺陷，揭穿了可解救一切的幻想，揭穿了赤裸裸的说教。在这满目疮痍的世界里，人们已经揭示认识是不可能的，虚无显示为唯一的实在，无可安慰的失望成为人的唯一生活态度。雅斯贝尔斯企图在这个世界中重新找到达至神圣的秘密的阿里阿德涅线。

至于舍斯托夫，他的全部作品都是那样出奇地单调、沉闷，都在不厌其烦地论述同样的事实。他在作品中坚持不懈地揭露那个天衣无缝的体系——这世界上最普遍的理性主义，他认为它最终要遭遇人类思想的非理性因素。他不放过任何机会利用理性主义中可笑的事实、可笑的矛盾来贬低理性。他只关心一件事：抗辩——不论是对心灵的还是精神的历史的抗辩。通过陀思妥耶夫斯基有关死刑犯的体验，通过尼采精神横冲直撞的种种遭遇，通过哈姆雷特的诅咒或易卜生对贵族辛辣的揭露，舍斯托夫发现、揭示并赞扬了人类对世界上无可救药的丑恶现象的反抗。他否认理性的合理性，而且他只是在这黯然无色的荒漠之中开始他的行程，在这片荒漠里，一切确定的东西都已化为僵石。

克尔凯郭尔大概是这些人中与荒谬联系最紧密的。至少在一段生活时间内，他不但发现了荒谬，甚至体验了荒谬。他说："最确实的无言，不是沉默，而是说话。"因而，他首先确认没有任何一个真理是绝对的，也没任何一个真理能够满足一个不可能自在地存在的存在。克尔凯郭尔是知识领域的唐璜，他用多个假名写作，用各种反语写作。他写过《十八训导书》，还有犬儒唯灵主义的手册《诱惑者的日记》。他拒绝抚慰、道德及一切息事宁人的原则。他绝不想减轻他在内心深处体验到的芒刺之痛；而是相反，他要唤醒它，并在受难者自得而又绝望的欢乐中，逐渐建立起清醒、否定、伪装，建立起魔鬼附身者的范畴。这张既温柔而又冷笑着的面孔，这些伴随着从灵魂深处发出的呐喊而突如其来的转向，就是与超越它的现实搏斗的荒谬的精神。使克尔凯郭尔达至其珍视的受人攻击的精神冒险同样始于混沌迷离的体验，这体验被剥去了伪装并且发生其最初的混乱。

在另一完全不同的层面，也就是在方法的层面，胡塞尔[1]及现象学者们恢复了世界的多样性并且否认理性的超越能力。由于他们，精神世界大大地丰富起来了。玫瑰花瓣、里程碑、人的双手与爱情、欲望或万有引力定律具有同等的重要性。思维，就不再是统一，不再是在一个伟大原则之下使显象变得熟悉起来。思维，就是重新学会看和注意，就是集中其意识，就是运用普鲁斯特的方法把每一种思想、每一种想象都变成一块享有特权领地。奇怪的是，一切都享有特权。能够证明思想正确的东西就是它极端的意识。胡塞尔比克尔凯郭尔或舍斯托夫更进一步，他的分析从根本上否定了理性的经典方法，他消除了希望，他向直觉与心灵展现各种现象，这些现象的丰富性包含有某种非人的东西。这些途径或者通至一切科学，或者到达不了任何科学。就是说，在这里方法比结果更为重要。关键在于“一种认识的立场”而不是一种安慰。我再重复一遍，至少开始时是这样的。

我们怎能体验不到以上这些思想家之间的亲缘关系呢？怎能看不到他们是聚合在一个享有特权而又痛苦的领地的周围，而在这领地范围内，希望不再有其地位呢？我要求一切都解释清楚，或者就什么都不解释。理性面对心灵的这呐喊一筹莫展。被这种要求所唤醒的精神进行探索和寻觅，但是只看到了种种矛盾和不合理的现象。我所不理解的东西就是

① 胡塞尔（E. Husserl 1859—1938），德国哲学家，现象学的奠基人。——编注

没有理由的。世界就充满着这些非理性的东西。单独地看这个世界，我不明白它独有的意义，它只是一个庞大的非理性世界。只要能说一次：“这是清楚明白的！”那一切就会得救了。但这些思想家们争先恐后地宣称：没有任何东西是清楚明白的，一切都是杂乱无章的，而人只能有对于封闭他的一堵堵围墙的洞察和确定的知识。

所有这些经验内容都是一致的，而且也是互相渗透的。已达至其界限的精神必须进行判断并选择自己的结论。这就是自杀和回答的所在。但是，我想颠倒探索研究的次序，从理智的探险出发以回溯到日常的行为上去。这里要求的经验诞生于那不应离弃的荒漠。至少，应该知道这些经验直至何方。在人的努力这点上，人是面对非理性的东西的。他在自身中体验到了对幸福和理性的欲望。荒谬就产生于这种人的呼唤和世界不合理的沉默之间的对抗。这是我们绝不能忘记的，也是我们应该紧扣不放的问题，因为生活的全部结果都可能由此而生。非理性因素、人的怀念以及分别与这二者一起产生的荒谬，就是这场悲剧的三位主角，而这场悲剧必然会与一个存在能够有的所有逻辑一起结束。

哲学性的自杀

荒谬感并不因此是荒谬的概念。前者奠定了后者，如此而已。除了在对世界做判断的短暂瞬间之外，荒谬感并不把自己归结为荒谬的概念。它在判断之后还要更进一步。荒谬感是活生生的，这就是说，它或者应该死亡，或者应该比以前更有影响。这就是我们已经汇集的主题。但在这里，我感兴趣的仍然不是作品或精神，对它们进行批评需要另一种方式和另一个地方，我感兴趣的是去发现它们的结论中共同的东西。精神也许从来没有像现在这样多样。然而，我们认识到精神活动于其中的精神背景是一致的。同样，尽管各门科学是如此不相似，但终结其进程的呼声却以同样的方式发出。人们清楚地感觉到我们刚才提到的那些思想具有一种共同的氛围。说这种氛围是致命的，那差不多就是在玩弄词句。在这令人窒息的天空下生活，就迫使人们或脱离它或留在其中。问题在于要知道在第一种情况下人们如何脱离，而在第二种情况下人们又为什么要留在其中。我就是这样确定自杀问题和人们可能对存在哲学的结论的兴趣的。

我首先要讲几句题外话。我们至此能从外部限定荒谬。

然而，我们可以问一下这个概念明确包含的内容是什么，并且可以通过直接的分析试图一方面找到它的含义，另一方面重新找到这个概念所引出的种种结果。

如果我指控一个无辜者犯了弥天大罪，如果我认定一个品格端方的人觊觎他的同胞姐妹，他会反驳说：这是荒谬的。这种义愤有其滑稽的一面。但它也有其深刻的原因。品德端方的人的反驳显示了我认为他具有的行为与他的全部生活准则之间的决定性矛盾。“这是荒谬的”，这句话意味着：“这是不可能的”，同时也意味着：“这是矛盾的。”看见一个赤手空拳的人攻击荷枪实弹的队伍，我会认为他的行为是荒谬的。不过，我得出“他的行为是荒谬的”判断只是由于他的欲望与等待着他的现实之间的不相称，只是由于我所注意到的他的真实力量与他要求达到的目标之间的矛盾。同样，我们是通过把一个判决与另一个证据确凿的判决相比较，才认定前者是荒谬的。还同样，荒谬进行的揭示，是通过将荒谬推理的结果与人们想建立的逻辑现实加以比较完成的。在所有这些情况下，从最简单到最复杂的情况，随着各比较项之间的距离的增加，荒谬感愈来愈深。世上存在荒谬的婚姻，存在着轻蔑、怨恨、沉默、战争，还有和平。对这些现象中的任何一种来讲，荒谬感都来自于比较。这样，我就有充分理由说，荒谬感并不来自对一个行为或印象的简单考察，荒谬感是在对一种事实状态和某种现实的比较中、在一个行动和超越这个行动的世界的比较中突然涌现出来。荒谬从根本上讲是一种离异。它不栖身于被比较的诸成分中的任何一个之中，它只产生于被比较成分之间的相遇。

这样，在理智的层面，我也能够说，荒谬既不存在于人（如果这样的隐喻能够有意义的话）之中，也不存在于世界之中，而是存在于二者共同的存在之中。荒谬现在是二者相联的唯一纽带。如果我想停留在确实的东西这里，那么我知道人们想要的是什么，世界给他的是什么，并且我现在能够说我也知道将人和世界联系起来的是什么。我无需把这问题挖掘得更深。对探索者来讲，仅一确定的东西就足矣。他只须从中获取一切结果。

直接的结果同时是一方法法则。以方法法则显现出来的奇特的三位一体论完全不像美洲新大陆那样是突然被发现的。但它却与经验材料有共同之点，因为它无限简单而同时又无限复杂。它在这方面的首要特征就是：它不可分的。只要破坏了它的一项，那就是破坏了它的整体。在精神之外不能有荒谬。因此，荒谬和任何事物一样是随着死亡而告结束。同样在世界之外也不能有荒谬。正是根据这样的法则，我断定荒谬的概念是根本的，而且它能够是我的诸真理中的第一个真理。我们前面提到的方法法则在这里出现了。如果我判断说一个东西是真实的，我就应该保护它。如果我想解决一个难题，那我至少不应该通过这种解决掩盖难题中的任何一项。对我来说唯一的东西就是荒谬。问题是要了解如何脱离荒谬，并且要了解自杀是否是从荒谬推论而来的。归根结底，我的探索首要的和唯一的条件，就是要保留这个挤压我的东西，就是要重视我以为它之中重要的那些因素。我刚才已把这定义为一种较量，一场无休止的斗争。

若把这种荒谬的逻辑推到底，我就必须承认，这种斗争设定了希望（与失望毫不相干的希望）的完全缺席，设定了连续的拒绝（这里不应把它与放弃相混淆）与意识的不满足（不应把它混同于青春期的烦恼）。一切摧毁、取消或缩小这些要求的东西（首先是赞同消除离异）都会摧毁荒谬，而且会使人们这时能够采取的立场失去价值。荒谬只有在人们不同意它的时候才有意义。

还有一个看起来完全合乎情理的明显事实，那就是一个人永远是其真理的牺牲者。他一旦认识到这些真理，就不能摆脱它们。就要为之付出一些代价。一个已经觉悟到荒谬的人永远要和荒谬联系在一起。一个没有希望并意识到没有希望的人就不再属于未来了。这是自然的。他努力想脱离这个他创造的世界同样是自然的。我们前面所说的一切只有在考虑到这个悖论的情况下才有意义。有些人通过对理性进行批评而承认荒谬的氛围。在这一点上，没有比考察他们借以推出他们的结论的方法更有教益的了。

然而，纵观各种存在哲学，我看到它们无一例外都号召我逃遁。在一个对人封闭而又有限的世界中，这些哲学通过奇特的推理，从理性废墟之上的荒谬出发，把那些挤压它们的东西奉若神明，并且在抛弃它们的世界里寻找希望的理由。这种不自然的希望本质上就是宗教。我们应该在此谈谈这种希望。

我这里只想举例分析舍斯托夫和克尔凯郭尔的一些特有论题。不过，雅斯贝尔斯甚至会以夸张的形式为我们提供这一立场的典型例子。其他问题将会随之变得更加清楚。人们认为他并没有能力实现超越，并不能深入探寻经验，也没有意识到这个由于失败而变得动荡不安的世界。他是否会推进或至少从这失败中获取教益呢？他并没有给出任何新的东西。他在经验中只是发现了自己的无能，没有发现任何能推出令人满意的原则的情况。然而，在没有任何证明的情况下，就像言说自己那样，他突然同时肯定了超越、经验的存在和生命的超人意义。他说："失败超出所有可能的解释和说明，不是显示出虚无，而是显示出超越的存在。"这种通过人类信仰的盲目活动突然产生的存在可解释一切，雅斯贝尔斯把它定义为"一般与特殊之间的不可思议的统一"。于是，荒谬变成上帝（从这个词的广义上说），而这种无力进行理解变成照亮一切的存在。没有任何东西可使这种推理合乎逻辑。我可以把它称作一种跳跃（le saut）。但悖论的是，人们能够理解雅斯贝尔斯的坚持及其无限的耐心：使超越的经验成为不可能的。因为，这一类比越不可捉摸，这种定义就越徒劳无益，超越对他来讲就越真实；因为他肯定超越的热情恰恰和他的解释能力与世界、经验的非理性之间的距离成正比。这样看来，雅斯贝尔斯要摧毁理性偏见的热情因为他要更彻底地解释世界而变得更加强烈。这位鼓吹受辱思想的传教士将会在受尽凌辱的尽头找到使存在彻底地再生的东西。

神秘思想已使我们熟悉这种做法。这种做法与任何一种思想立场一样都是合法的。但是，现在，我的行动表明我是严肃地对待某个问题的。在这里，我对刚才这种立场的普遍价值，对它教益的能力不做预先的判断，我只是要考虑一下，这种立场是否与我所处的环境相适合，是否与我相关的冲突相称。于是，我想再谈谈舍斯托夫。他的一位注释者曾引用过他的一段极有意义的话："确切地讲，真正的出路只有一个，那就是按世人的判断是没有出路地方的出路。若非如此，我们何以还需要上帝呢？只有在要求得到不可能得到的东西的时候，人们才转向上帝。至于可能得到的东西，人已经足够。"如果确实存在舍斯托夫哲学的话，我完全可以说，这段话就可概括它的全部内容。因为舍斯托夫在进行了充满激情的分析之后，发现了任何存在都具有的荒谬性。他并没有说："这就是荒谬。"而是说："这就是上帝：我们应该信赖他，即使他并不对应我们的任何理性范畴。"为了不引起思想的混乱，这位俄国哲学家甚至暗示说，这个上帝可能是充满仇恨的而且是令人憎恶的，可能是难于理解的又是矛盾的，而且，他的面目越可怕，他就越拥有至高无上的权力。上帝的伟大之处就在于他的不合逻辑。上帝的证据就是他的非人性。应该跃入到上帝那里去，并且凭借这种跳跃摆脱理性的幻想。这样，在舍斯托夫看来，承认荒谬的同时就意味着与荒谬在一起。谈论荒谬，就是承认荒谬。而且从逻辑上讲，舍斯托夫的整个思想都致力于揭示这种荒谬并使荒谬引发的无限希望同时迸发出来。我要再重复一遍：这种态度是合法的。但我在这里坚持要考察某一个问题及其全部结果。我不需要考察一种思想或一种信仰活动的动人之处，我还有一生的时光去考察它。我知道，舍斯托夫的立场激怒了唯理主义者。但我还是感到舍斯托夫反对理性主义是有道理的，而且我只是想知道他是否始终忠实地服从荒谬的指挥。

然而，如果认为荒谬是希望的反面，那人们就会看到，对舍斯托夫来讲，存在的思想预先设定了荒谬，而且只是为了消除它才显示它的。舍斯托夫思想的这种微妙之处是运用了耍把戏者的手法。当舍斯托夫把荒谬与通常的道德和理性对立起来的时候，把荒谬称作了真理和救世主。因此从根本上讲，在这荒谬的定义中，包含有舍斯托夫对它的赞许。如果我们承认这个概念的全部力量都在于它用以冲击我们的根本希望的方法，如果我们感到荒谬为了持续存在下去需要人们不同意它的话，我们就会清楚地看到它已经失去了自己的真实面目，失去了其人的和相对的特性，以便进入一个既是不可理解的又是令人满意的永恒之中。如果存在着荒谬，那它就处在人的世界中。一旦荒谬的概念改变成为通向永恒的跳板，这个概念就不再与人类的明晰性相关联。荒谬不再是人们谈论却又不赞同它时那样确定的了。于是斗争就被回避了。人与荒谬融合为一，而且在这种结合中，人使荒谬的特性，即对立、分裂和离异消失殆尽。这种跳跃是一种逃避。舍斯托夫特别乐于引用哈姆雷特的话：“时间是混乱的。”他是怀着一种特有的狂热希望说这句话的。因为哈姆雷特并不是这样用这句话，莎士比亚也不是这样用这句话的。非理性的陶醉和入迷使清醒的精神离开荒谬。对舍斯托夫来说，理性是无用的，但在理性之外有某种东西。对于荒谬的精神来说，理性是无用的，而且在理性之外没有任何东西。

这种跳跃至少能够更加清楚地表明荒谬的真实性质。我们知道，荒谬只有在一种平衡之中才有价值，它首先存在于比较之中，而不是存在于比较的各项之中。而舍斯托夫恰恰是把重点偏向其中的一项并且打破了平衡。我们对理解的渴望，对绝对的思念只有在我们能够理解和解释许多事情的情况下才是可以解释的。绝对地否认理性是徒劳无益的。理性有其领域，它在其领域内是有效的。这一领域就是人类的经验。这也就是我们为什么要弄清楚一切的原因。如果我们弄不清楚，如果荒谬在这时出现了，那这一点恰恰就是有效而又有限的理性与总是再生着的非理性相遇之处。然而，当舍斯托夫愤怒攻击黑格尔“太阳系是按照永恒的规律运转的，而且这些规律就是太阳系的根据”的主张时，当他狂热地批评斯宾诺莎的理性主义的时候，他得出的恰恰是“理性是自负的”结论。通过一个自然的然而又是非法的转折，他就由这个结论出发肯定了非理性的优先地位。[①] 然而这个过程并

① 这尤其涉及特例的概念，并且是反对亚里士多德的。——原注

不十分清楚。因为在此，界限和层面的概念可能参与进来。自然的种种规律在某一界限之内都可以是有效的，超过这界限，它们就会转过来反对自己而导致荒谬。或者，这些规律能在描述的层面合法，但并不因此在解释的层面为真。在此，一切都献给了非理性，对明晰性的要求不见了，因此，荒谬就随着比较中一项的消亡而消亡。与此相反，荒谬的人并不进行这种消除差异的活动。他承认斗争，并不绝对地轻视理性，并且承认非理性。他的目光扫遍所有的经验材料，并不准备在知道之前就跳跃。他仅知道，在这个专注的意识中已不复有希望的地位。

在舍斯托夫这里可以感觉到的问题，在克尔凯郭尔那里可能更可感觉到。当然，要确定克尔凯郭尔这样一个难以捉摸的作家的真实观念是很困难的。但是，纵然他的著作看起来充满矛盾，透过其中的托隐、文字游戏和玩笑，人们还是感到他的所有著作显现为了对一种真理的预感（同时又是一种领会），这种真理最终在他最后几部著作中呈现出来：克尔凯郭尔也进行了跳跃。他的童年深受基督教的惊吓，但他最终回到了基督教最严厉的面孔。克尔凯郭尔同样也认为，对立和悖论变成了宗教的准则。这样，使人们对生活的意义及深度感到失望的东西现在又给生活以真理与光明。基督教是丑恶的，克尔凯郭尔明确要求的就是伊依纳爵·罗耀拉[①]所要求的第三种牺牲，即上帝最乐意的牺牲：“理智的牺

① 罗耀拉（Ignace de Loyola，1491—1556），耶稣会创始人。——译注

牲。”[1] 这种跳跃的结果是古怪的，但已不应使我们惊奇了。它把荒谬变成为另一世界的标准，但荒谬仅仅是这个世界的经验的残余。克尔凯郭尔说：“宗教信徒在其失败中获得了自己的成功。”

我并不想问这种立场与何种激动人心的预言相关联。我只是想知道荒谬的场景及其固有特性是否能使这种立场合乎情理。我知道，这是不能够的。若重新观察荒谬的内容，人们就会对启迪克尔凯郭尔的方法有更深的理解。在世界的非理性与荒谬的反叛思念之间，克尔凯郭尔并没有维持平衡。他并不重视严格说来使人们体验到了荒谬的关系。知道自己不能摆脱非理性，因而想至少逃离出这无望的思念，他认为无望的思念是贫乏和无意义的。如果在这一点上他的判断是有道理的话，那在他的相反的说法中就不能是有道理的。如果他用狂热的坚持代替其反抗的呼喊，那他就会忽视那至此为止一直启发他的荒谬，而且导致他把他拥有的唯一确定的东西——非理性——宗教化。加里亚尼[2] 长老对埃比娜[3] 夫人

① 读者可能会认为我在此忽视了信仰这个重要问题。但是我在此并不是要考察克尔凯郭尔或舍斯托夫或更近的胡塞尔的哲学（那需要另外的地方并要求另一种精神立场）。我只是想借用他们的题目，观察他们研究的成果是否能够与已经确定的规则相适合。这里仅仅涉及一种执拗的立场。——原注

② 加里亚尼（Galiani, F., 1728—1787），意大利长老、作家、经济学家、外交家。——译注

③ 埃比娜（Epinay，D.，1726—1783），法国女作家，与伏尔泰、卢梭等交往甚密。——译注

说过：重要的并不是治愈，而是与疾病一起生活。克尔凯郭尔想治愈。治愈是他的渴望，在他的日记里我们时时可以看到这种渴望。他理智的全部努力都是为了逃避人类命运的矛盾。由于他时不时地看到命运的自负，比方说，当他谈论自身时，似乎对上帝的敬畏和虔诚都不能使他平静，所以这一努力更加地绝望。因此，他通过一个歪曲的手段赋予非理性一种面貌，并且把荒谬的诸种属性——不公正、不合逻辑并且不可理解——给予他的上帝。唯有他的理智试图扼杀人心灵深处的欲求。因为没有任何东西被证明，所以一切都是可被证明的。

正是克尔凯郭尔本人向我们揭示了他所走的道路。我并不想在这里暗示什么。但是，我们在他的著作中，怎么能看不到面对荒谬那里的被接受的残毁，灵魂几乎是有意地进行残毁的信息呢？这也是《诱惑者的日记》中重复出现的主题。“我缺乏的是动物性，它同样也属于与人性有关的一部分……因此请给我一个身体。”他进而说：“哦！特别是在我青春萌动时代，为了成为人，我应付出多少代价啊！甚至付出六个月的生命……说到底，我欠缺的是一个身体以及存在的各种物理条件。”这个克尔凯郭尔在另一部著作中却把那纵穿多少世纪并震撼那么多心灵——荒谬的人除外——的伟大呼喊看作是自己的呼喊。“但对基督徒来说，死亡完全不是一切的终结，它隐含着比生活带给我们的希望更多的希望，甚至充满着健康和活力。”凭借丑恶现象而达成的和解，仍然还是和解。我们看到，它允许从死亡那里获得希望。但是，即便同感使我们倾向于这种立场，也应该说，过度是什么也证明不了的。人们说，因为这超越了人的尺度，于是它就应该是超人的。然而，这个“于是”是多余的。在这里并不存在逻辑的确定性，也没有经验的可能性。我所能说的一切就是：这实际上超出了我的尺度。如果我没有从这里得出否定，至少我不愿将任何东西建立在不可理解的东西之上。我想知道，我是否能够和我所知的并仅仅和我所知的东西一起生活。有人还对我说，理智在此应该牺牲它的骄傲，理性应该屈居下位。但是，如果我承认理性的诸种局限，我并不因此就否认它，而是承认它的力量是相对的。我只是要坚持一条中间的道路，在这条道路上，理智能够保持清楚明白。如果这就是理性的骄傲所在，我则找不到什么充足的理由去否定它。克尔凯郭尔认为失望并不是一种事实，而是一种状态：罪的状态。没有比这种观点更为深刻的了。因为罪是远离上帝的。荒谬作为有意识的人的形而上学状态并不达于上帝。[①] 如果我冒险地说这样令人震惊的话：荒谬就是没有上帝的罪，那这个概念也许会变得明确起来。

这涉及的是生活在这种荒谬的状态中。我知道荒谬是在什么上面建立起来的：精神和世界互相用力地支撑着对方，

① 并不是完全排除上帝，而是说还有待于确定。——原注

却不能互相包容。我要寻求的是这种状态下的生活规律，而人们给我提出的答案却忽视了它的基础，否认痛苦对立诸项中的一项，并且要求我取消它。我要问我将之当作自己命运的命运包含着什么，我知道这种命运隐含着含混暧昧和无知，而且人们向我肯定说这种无知可解释一切，这茫茫黑夜就是我的光明。但是，人们这样并没有回答我的欲求，而且这激动人心的诗意语言并不能向我掩盖它的怪诞。因而我们应该离开它。克尔凯郭尔可能会厉声警告说："如果人对永恒没有意识，如果在一切事物的深处只有野性沸腾的强力主宰，只有它在昏暗不清的激情漩涡内制造着伟大或无价值的事情，如果那毫无基础的、没有任何东西可以填充的空无躲藏于事物之下，那么，生活不是失望又会是什么呢？"这警告中没有什么东西可以阻挡荒谬的人。寻找真实的东西并不是寻找可欲求的东西。如果要避免"那生活会是什么样的？"令人头痛的问题，就须像驴子靠幻想的玫瑰花生活一样，而不是屈从于谎言。荒谬的精神喜欢毫不畏惧地接受克尔凯郭尔"绝望"的回答。一切都十分清楚，一个坚定的灵魂总会想方设法解决这个问题的。

在此我大胆地把哲学性的自杀称作存在的立场。但这并不意味着一种判断，而是一种便利方法，用以指出思想由之而自我否定的活动，以及指出思想企图用构成它的自我否定的东西超越自己。对那些存在哲学家来说，否定就是他们的上帝。而这个上帝恰恰是通过对人类理性的否定而维持其存在的。[①] 但是，就像在自杀者的情况那样，这些神是随人而变的。有许多跳跃的方法，但最重要的是去跳跃。这些赎罪的否定，这些终极的矛盾（它们否定人们尚未跃过的障碍）完全既可产生自某种宗教启示也可产生自理性的命令（这是我的论证所指向的悖论）。这些否定与矛盾总是追求永恒，它们也仅仅是为此才跳跃。

还应指出，本书的论证全然不理会我们这启蒙了的世纪中最为普遍的精神立场：这种立场建立在一切都是理性的原则之上，并且意欲解释这个世界。当人们认为世界必定是清晰明白时，自然会给出一个关于世界的清晰明白的看法。这甚至是合法的，但却与我们现在进行的论证毫不相干。我们的论证旨在揭示，当精神从认为世界是无意义的哲学出发，最终在世界中找到一种意义与深度时所采取的步骤。这些步骤中最触动人的本质上是宗教的，是在非理性的主题中表现出来的。但是，最悖论的又最有意义的步骤是这样一个步骤，它赋予世界以理性的根据，而最初它认为世界是无规则的。如果对怀念精神的新特质没有观念的话，人们无论如何都不能取得令我们感兴趣的结果。

我将仅仅考察由于胡塞尔和现象学家们而变得时髦的“意向性”问题。我已经暗示过它。胡塞尔的方法从一开始就

---

① 我再次申明：这里并不是要断定上帝是否存在，这里的结论只是逻辑推理所致。——原注

否定了理性的传统方法。让我们重申一下：思维绝不是要以伟大原则的名义将显象统一起来，让我们熟悉它。思维就是重新学习看，就是引领自己的意识，就是使每个图像变成一个有特权的地方。换句话说，现象学拒绝解释世界，它只是要对实际经验进行描述。这种描述在其最初的断言中肯定了荒谬的思想，这最初的断言是：没有真理，只有各种真理。从这夜晚的徐风直到放在我的肩上的这只手，每一事物都有它的真理。意识通过关注事物而照亮事物。意识并不制造它的认识对象，它只是注视，它是关注某一事物的活动，用柏格森[①]的图像来说，它就像一架一下子抓住一个图像的摄影机。不同的是，意识中并没有电影那样的情节，而只有连续不断而互不连贯的图像。在这个奇妙的灯里，所有的图像都是享有特权的。意识把它关注的对象悬置于经验之中。通过其神奇的手段，意识把这些对象分离开来。从此，这些对象就超越了一切判断。正是这种“意向性”确定了意识的特性。但是这个词并不包含任何目的论的意思，它只是被限定于“方向”的意义之中：它只具有位置的意义。

乍看起来，这里似乎没有什么东西是与荒谬精神相对立的。思想只限于描述它拒绝解释的东西，大量丰富的经验及世界漫长的再生悖论性地来自于意向原则，思想的这种表面的谦虚以及这一意向原则就是荒谬的活动，至少最初看来是

① 柏格森（H. Bergson，1859—1941），法国哲学家、作家。——编注

这样的。因为在这种情况下，思想方法和在别处一样也具有两个方面：一个是心理学的；另一个是形而上学的。[①]这样思想方法就包含着两种真理。如果意向性的论题只是要阐述一种心理学的立场，而这种立场是要穷尽而不是解释实在，那么任何东西都不能把意向性与荒谬的精神分离开来。意向性的论题旨在列数它所不能超越的东西。它仅仅肯定在没有任何统一原则的情况下，思想还能够快乐地描述和理解经验的每种面貌。与这每种面貌都有关的真理是属于心理范围的。它只是证明实在能够呈现的“意义”。这是一种唤醒一个麻木世界并且使之恢复精神活力的方法。但是，如果人们要扩展这种真理观念并给它一个理性的基础，如果人们要以此方式发现每个认识对象的本质的话，人们就会恢复经验的深刻性。对于荒谬的人来说，这是不可理解的。谦虚与自信的这种对衡（我们在现象学立场那里可以见到这一对衡），以及现象学思想的闪光，将会比其他任何东西更清楚地说明荒谬的推理。

胡塞尔也谈到过意向性所揭示的被人视作柏拉图式的“超时间的本质”。人们不是仅用一事物解释所有的事物，而是用所有的事物解释所有的事物。我并没有看出其中的不同之处。诚然，这些观点或本质是意识在每次描述之后“实行”

① 即使是最严格意义上的认识论也设定了形而上学的方法。正是在这点上讲，当代很大一部分思想家的形而上学就在于只拥有一种认识论。——原注

的，人们并不要它们为完美的样板。但是，人们认为，它们在知觉材料中是直接呈现出来的。不再有能解释一切的观念，但却有无限的本质，它给予无限的对象以意义。世界停止不动，但仍然显现着。柏拉图式的实在论变成了直观的实在论，但它仍是实在论。克尔凯郭尔沉溺于他的上帝，巴门尼德把思想抛入“一”中。但是，在这里思想投身到一抽象的多神论中。或毋宁说：幻觉和虚构同样属于“超时间的本质”。在观念的新世界中，光怪陆离的范畴与更加朴素的范畴相合作。

纯粹心理学的观点认为，世界的所有面貌都享有特权，在荒谬的人看来，这种观点既包含一种真理，也包含一种痛苦。一切都应享有特权，反过来说就是一切都是平等的。但是，这个真理的形而上学之面使他走得如此之远，以致通过一种原始的反应他感到自己可能更接近柏拉图。人们的确告诉他，任何形象都设定了一种同样享有特权的本质。在这个没有等级的理想世界里，正式的军队只是由将军组成的。超越性当然被消除了。但是，思想突如其来的转折又把一种片断式的内在性重新引入世界，这种内在性重新恢复了宇宙的深度。

我会害怕把这个被其创造者们小心处理的论题推进得太远吗？我仅仅读过胡塞尔表面看起来是矛盾的，然而如果接受上面所说的，就会感到是有严格逻辑的断言。他说过：“真实的东西是绝对真实的，是自在的，认识真理的无论是人、魔鬼、天使还是神，真理都是同一的，是与自身相一致的。”

理性由于这句话获得胜利，并且大大发扬，对此我不能否认。在荒谬的世界中这样的断定能够意味什么呢？一位天使或一位神的感知对我来讲毫无意义。这个几何学般的地方——神的理性在这里认可了我的理性——于我永远是不可理解的。我在这里仍然发现一种跳跃，这跳跃尽管是抽象地完成的，在我看来，仍然意味着忘记恰恰是我不愿忘记的事情。胡塞尔则走得更远，他大声疾呼："即使一切服从引力的质量都消失了，引力定律也并不因此而被摧毁，只不过是没有可能实行罢了。"我知道我面对着一种安慰的形而上学。如果我要发现思想离开自明的道路的转折处，我就只有重读胡塞尔有关精神的相应推理："如果我们能够清楚地思考心理过程的严格规律，它们就会表现为永恒的而且是不变的，就像自然理论科学的基本规律一样。因此，即使不存在任何心理过程，它们也会是有效的。"即使精神不存在，它的诸种规律也会存在！我于是根据心理学的真理理解到：胡塞尔是力图建立一种理性规则：在否定了人的理性的归并能力之后，他又迂回地跃入永恒的理性之中。

胡塞尔的"具体世界"的论题并不会使我们感到惊奇。对我说：一切本质都不是形式的，而是物质的；说最初的本质是逻辑学的对象，次级的本质是科学的对象，这些都只不过是定义的问题。人们要我相信，抽象意指的只不过是本身并不可靠的具体世界的一部分。但是，已经被揭示出来的摇摆状态已使我能够清楚地看到这些术语的混乱。因为这可能是说，我所关注的具体对象、这天空、这大衣下摆上的水渍的反光各自都仍是真实的，我的关注在世界中将它们分开了。但这也可能是说，这大衣本身是普遍的，它有其特定的与充足的本质，属于形式的世界。我于是理解到：人们只是改变了过程的领域。这个世界在上面的宇宙中不再有其反映，而形式的天空则出现在这大地的大量的形象中。这对我来讲是什么也没有改变。我在此发现的不是对具体的偏好，也不是人类命运的意义，而是一种要把具体本身普遍化的相当自由放纵的理智主义。

人们可能会对这样一个明显的悖论感到惊奇：它通过受屈辱的理性和无往而不胜的理性这两条相反的道路将思想引至其自身的否定。其实，大可不必为之惊讶。从胡塞尔的抽象的上帝到克尔凯郭尔炫目的上帝，其间的距离并不非常遥远。理性和非理性最后宣扬的是同一东西。事实上，选择什么道路并不重要，只需有要达到目的的意志就足够了。抽象的哲学和宗教的哲学是出自同样的混乱并且在同样的焦虑之中互相支持。但重要的是解释。在这里，怀念比科学的力量更为强大。我们时代的思想一方面深受认为世界是无意义的哲学的影响；另一方面其结论又非常不同，这一点具有重要的意义。这种思想总是在两个极端之间摇摆不定：一方面是极端理性化实在，它要按理性类型对实在进行分割；另一方面是极端非理化实在，它倾向于神化实在。但是，这种分离只是表面的。关键在于要把它们调和起来，而在以上两种情况下，跳跃就足以完成这种调和。人们习惯认为，理性的概念只有唯一的意义，这是错误的。确实，不论这种观念多么想严格，它仍然像其他观念一样是可变的。理性确实具有人的方面，但它也能够转向神。自从普洛提诺首先把理性与永恒倾向调和以来，理性学会离开它最珍贵的原则，即矛盾原则，以便将它整合进最奇特的和最奇妙的分有原则中。[①]理性是思想的一种工具，而不是思想本身。一个人的思想首先是他的回忆。

就像能够平息普罗提诺式的忧郁那样，理性为现代焦虑提供了一个在永恒熟悉的环境中平抚自身的方法。荒谬的精神则较少这种机遇。在荒谬的精神看来，世界既不是如此理性，也不是如此非理性。它是毫无理由的，而且只是如此。胡塞尔的理性最终成了没有界限的。相反，荒谬则确定了理性的种种界限，因为理性不能平息它的焦虑。克尔凯郭尔从另一角度断定，一个界限就足以否认理性。但荒谬并没有走得那么远。在荒谬看来，这种界限针对的仅仅是理性的种种野心。非理性的主题就像存在理论所设想的那样，是在自我否定过程变得混乱而后又解脱出来的理性。荒谬，其实就是

① A——在那时，理性或者适应当时时代，或者死亡。它于是适应了时代。由于普罗提诺，理性从逻辑学变为美学。隐喻取代了三段式。

B——而且，这并不是普罗提诺对于现象学的唯一贡献。这种立场已经包含在亚历山大派思想家的思想之中。在这亚历山大思想家们十分重视的观念中，不仅仅有人的观念，而且还包含有苏格拉底的观念。——原注

指出理性种种局限的清醒的理性。

正是到了这艰难过程的尽头，荒谬的人才认识到他的真正动机。在对自己内心深处的欲求和人们给予他的东西加以比较的过程中，他突然感觉到他应该改变方向。在胡塞尔的世界中，世界变得清楚了，而在人的心灵深处保持着的亲近熟悉世界的渴求变得毫无用处。在克尔凯郭尔的启示录中，要求得到清晰的欲望如果想得到满足的话，它就应当放弃这一欲望。罪是想要去知，而不是知（从这点讲，每个人都是无辜的）。荒谬的人能感觉到罪这一点构成了他的有罪和无辜。人们给了他一个解决，在其中过去的矛盾变成为争论的游戏。但是，荒谬的人并不是这样来体验这些矛盾的。应该保留没有得到满足的矛盾的真理。他并不想说教。

我忠实于唤起我的论证的明证。这种明证本身就是荒谬。它就是欲求的精神和令我对统一的怀念失望的世界之间的分离，就是这四分五裂的宇宙和将它们捆在一起的矛盾之间的分离。克尔凯郭尔取消了我的怀念，而胡塞尔重聚了这个世界。这并不是我所期待的。关键在于带着这些破裂活着，在于带着这些破裂思考，在于知道是应该接受还是应该拒绝。完全不可能掩盖明证的东西，也不可能通过否认荒谬的方程中的一项来消除荒谬。必须弄明白人们是否能够依靠荒谬而生活，也须知道逻辑是否强迫人们因荒谬而死亡。我对哲学性的自杀并不感兴趣，我仅对自杀感兴趣。我只不过想清除掉自杀的情感内容，了解它的逻辑与真诚。对荒谬精神来说，任何其他立场都隐含着精神面对它所要阐明的东西逃避了，退缩了。胡塞尔说应摆脱“一种根深蒂固的习惯：在某种业已被承认的、舒适的存在条件下生活与思考”。但是，最后的跳跃在胡塞尔那里却恢复了永恒及安适。跳跃并不像克尔凯郭尔所说的那样呈现出一种极端的危险。相反，危险是发生在先于跳跃的某一短暂时刻。能够处在这令人晕眩的山顶，这就是诚实，其余的态度都是遁词。我还知道无能为力从来没有像克尔凯郭尔的无能为力那样，引发如此多的令人感动的和谐。但是，如果说无能为力在历史的一般场景中占有其位置的话，在人们现在已知其要求的推理中却没有它的位置。

荒谬的自由

现在，我们最重要部分已论述完毕。我坚持我不能放弃的几点明显事实。我知道的东西、确定的东西、我不能否认的东西、我不能抛弃的东西，这些是最重要的。我欲求统一，想解决问题，要求清晰和一致，除了这些之外，对于我的生活在不确定的怀念之上的部分，我都可以否定的。我能够拒绝围绕着我、阻碍着我、承载着我的世界中的一切，但却不能拒绝混乱、偶然之王，不能拒绝来自于无序状态的奇妙的平衡。我不知道这个世界是否具有超越的意义。但我知道我并不知道这种意义，而且知道，现在不可能知道这种意义。我命运之外的意义对我来说意味着什么呢？我只能以人的条件进行理解。我触摸到的，反抗我的东西，就是我理解的东西。我渴望绝对与统一，世界不可能归结为一种理性和合理的原则，这两件事是确定无疑的。我还知道，我不可能把这二者调和起来。如若不欺骗，不引入一种我并不拥有且在我的命运的界限内是毫无意义的希望，我还能承认什么别的真理呢？

如果我是许多树中的一棵树，是动物中的一只猫，那这种生活可能就具有一种意义，或者毋宁说，这个问题没有意义，因为我应该是这个世界的一部分。我应该属于这个世界，而这个世界是我现在正用我的全部意识和我对无拘无束的生活的要求与之对抗的世界。正是这种微不足道的理由使我与全部的创造对立起来。我不能把它一笔抹杀。我真正相信的事情，我就应该维护它。那些对我清楚明晰显现出来的东西，即便是反对我的，我也应该支持它。那么，什么是这动乱、这世界与我的精神——或者说我对世界的意识——之间的分裂的基础呢？如果我因此要维持这基础，那我就要通过一种经常不断的、永远更新的、永远处于紧张状态的意识。这是我现在必须牢牢记住的。在这一时刻，既如此明显又如此难以征服的荒谬，回到了一个人的生活中并找到了自己的归宿。还是在这一时刻，精神可以离开要求清晰的努力导致的荒凉而又干枯的道路。这条道路通向日常生活。荒谬又回到无人称的“人”的世界，而人从此就带着他的反抗和清醒意识回到世界中来。他忘记了要去希望。这个名为“现在”的地狱终于成为人的王国。一切问题又都变得尖锐起来。抽象的明证性在形式和颜色的诗情画意面前退却了。精神的冲突肉身化了，并且在人的内心中找到了既狭小而又安全的藏身之处。没有任何一种冲突得到解决。但是，所有冲突的面貌都被改变了。人们是要死亡、是要通过跳跃进行逃避，是要以自己的尺度重新建造思想和形式的殿堂吗？还是相反，要去接受荒谬令人痛苦的然而又奇妙无比的赌注呢？让我们对此进行最后的分析并且得出我们全部的结论来。身体，爱抚，创造，行动，人的高尚于是都将在这毫无意义的世界里重新获得它们的地位。人在世界上最终将会找到荒谬美酒和冷漠面包，并以此滋育自身的伟大。

让我们继续讨论方法的问题：关键是要坚持。荒谬的人在其行程的某一点上受到诱惑。历史并不缺乏宗教、预言，甚至也不缺乏各种神。人们要求荒谬的人跳跃。但他所能回答的是：他并不完全理解，以及这不是清晰的。而他恰恰只要做他完全理解的事情。人们向他确认：这是傲慢之罪。而他并不理解罪的概念；人们还确认地狱可能在前面，可是他缺乏足够的想象形象化地设想这一奇怪的未来；人们还向他保证他将失去他永存的生命，但在荒谬的人看来，这些无关紧要。人们要让他承认他的罪，而他却觉得自己是无辜的。真正说来，他感到的只是他无可挽回的无辜。正是这无辜允许他做任何事情。这样，他要求自己**只**以他所知道的东西去生活，与事物之所是相一致，并且决不引入任何不确定的东西。人们会反驳他说：任何事情都不是确定的。但这至少是一确定的东西。他正是凭借这一确定的东西去抗争：他要知道在毫无希望的条件下生活是否可能。

我现在可以开始谈论自杀的概念了。我们已经感觉到这会导引出什么样的结果来。在这点上问题被颠倒了。我们前面的问题是要知道生活若要有价值是否应该具有某种意义。而现在，似乎正相反，生活若没有意义，则更值得人们去经历它。经历一种经验，一种命运，其实就是全然接受它。然而，如果人们并不想方设法将意识所揭示的荒谬保持在自己面前，他在知道命运是荒谬的之后就不会去经历这命运的。否认他所经历的对立中的任何一项，就是逃避这种对立。取消意识的反抗，就是回避问题。永恒变革的主题于是就这样被带入个人的经验之中。生活着，就是使荒谬生活着。而要使荒谬生活，首先就要思考它。和欧律狄刻[①]相反，荒谬只有在人们转过身不去看它时才会死亡。因而，仅有的几种自身融贯的哲学立场之一，就是反抗。反抗是人与其自身的暧昧性之间连续不断的较量。它是对一种不可能实现的透明性的追求。它每时每刻都要对世界发出疑问。危险如何为人提供了把握反抗的无可替代的机会，形而上学的反抗就如何将意识扩展到了整个体验之中。反抗就是人不断面对自我而在场。它不是向往，而是无希望地存在着。这种反抗实际上不过是确信沉重的命运，而不是与命运相随的屈从。

在这里，人们看到了：荒谬的经验离自杀有多远。人们可能会认为，自杀是在反抗之后发生的。这种看法是错误的。因为自杀并不体现反抗的逻辑结果。由于自杀采取的是默许的态度，它就恰恰是反抗的反面。自杀与跳跃一样，都是完全地认可。一切都告结束，人又会回到其根本的历史中去。人终于认清他的未来，他唯一而又可怕的未来，并且向着这

---

① 欧律狄刻（Eurydice），希腊神话中俄耳浦斯的妻子。——译注

个未来急奔而去。自杀以其特有的方式消解荒谬。它把荒谬带进同一死亡之中。但是，我知道，为了继续生存下去，荒谬是不能被消解的。在人意识到同时又拒绝死亡的时候，他逃离了自杀。在死刑犯临刑的最后时刻，荒谬就是，人在近乎晕眩瘫软的时刻竟然对一切视而不见，只看到离他几米的地方有一根鞋带。自杀的反面就正是被判处死刑。

这种反抗赋予生命以价值。它贯穿生存的整个过程，给生存以尊严。一位独具慧眼的人①认为，最壮丽的场景莫过于理智与超越它的实在之间的搏斗。人维护自尊的场面是惊心动魄的。任何诋毁对之都无济于事。这种精神加给自身的纪律，这种完全是人造出来的意志，这种面对面的战斗，都具有某种力量和特殊性。若贬低实在（其非人的性质构成了人的尊严），就等于是贬低人本身。我因此认识到：向我解释一切的那些理论为什么会同时使我衰弱。它们卸去压在我自己生命之上的重负，而我却应该单独承担它。在这个转折点，我只能认为：一种怀疑论的形而上学将与一种弃绝的伦理学相合流。

意识和反抗这两种否定是与放弃的态度相悖而行的。人心灵中所有的不可征服的和富于情感的东西都会以自己的生命激发意识和反抗。关键在于不妥协地和非自愿地去死。自

---

① 指塞涅卡（Sénèque，约前4—公元65），古罗马哲学家、政治家、作家。——译注

杀是一种轻视自己的态度。荒谬的人只能穷尽一切，并且自我穷尽。荒谬则是他最极端的紧张状态，他坚持不懈地用个人的力量维持这种紧张状态，因为他知道，他以这日复一日的意识和反抗证实了他唯一的真理——挑战。这是我们最初的结论。

如果我坚持原先已经确定下来的立场，即推出所发现的概念包含的各种结果（只是结果），我就会遇到第二个悖论。为了始终忠实于这种方法，我全然不涉及形而上的自由问题。人是否是自由的，这个问题我并不感兴趣。我只能够体验我自己的自由。我不可能有一般的自由概念，只能有一些确定的识见。“自在的自由”的问题是没有意义的，因为它完全是以另一种方式与上帝的问题相关联的。知道人是否是自由的就得知道人是否能有一个主宰。这个问题特有的荒谬性是由于这样一个事实：自由概念中含有某种东西，它使自由问题成为可能但同时又取消了这个问题的全部意义。因为在上帝面前，更多的是罪的问题，而不是自由的问题。我们知道这样一个两难推理：或者我们不是自由的，全能至上的上帝对罪负责；或者我们是自由的并对罪负责，上帝则不是全能至上的。无论各种流派施用多么精妙的方法，都不能增加也不能减少这个悖论的无可置疑。

因此，我不能迷失在赞扬概念或仅仅对概念下定义中，因为概念在它超出我的个人经验范围之时起就离开了我并且失去了它的意义。我不明白，更高的存在给予我的自由会是什么。因为我已失去了对等级的感知。我所能有的自由概念只能是囚犯以及在国家内的现代人的自由概念。我所能知道的唯一自由，就是精神的和行动的自由。尽管荒谬剥夺了永久自由的一切机会，但它反过来给了我并赞美我行动的自由。这种没有希望与未来意味着人具有更大的自由。

在与荒谬相遇之前，芸芸众生是为着某些目的而活着，他们关心的是未来和证明（证明谁或证明什么都无关紧要）。他们掂量着自己的机遇，他们把希望寄托于自己将来的生活，将来退休的生活以及他们后代的工作。他们还相信，在他们的生活中会有某些顺利的事情。确实，他们就如同他们是自由的那样行动着，即使所有的行动都是与自由背道而驰的。而在（意识到）荒谬之后，一切都被动摇了。“我存在”的观念、我的行为方式（好像一切都是有意义那样地行为，尽管我有时会说一切都没有意义），这一切都被可能死亡的荒谬感以一种令人震惊的方式揭露为谎言。顾忌明天，确定目标，有所偏好，这些都预先假定了自由的信念，即使人们有时确认并没有感到这种自由。但此时，我清楚地知道，更高级的自由，独自就能作为真理的基础的自由是不存在的。死亡作为唯一的实在存在着。在它之后，一切则成定局。我也不是自由地延续我的生活，而是奴隶，尤其可以说是对永恒变革丧失希望而且丧失蔑视的勇气的奴隶。在没有变革和蔑视的情况下，谁能够始终是奴隶呢？从完整的意义上讲，失去了对永恒的确信，什么样的自由能够存在呢？

但同时，荒谬的人明白，他至此是与这个自由的设定相联的，而他就生活在关于这个自由的幻觉之上。在某种意义上讲，这成为了他的障碍。就他为其生活想象一种目的来说，他就适应了一个目的的要求——这目的是要去达到的——，并变成了他自身自由的奴隶。我除了以我准备成为的一家之长（或者以工程师、民众的领导者或邮政部门的编外雇员的身份）的身份行动，别无他哉。我相信，我能选择成为这个而不是什么别的。我是下意识地相信，的确如此。但同时我又以周围的人的信念支持我的主张，以我周围的人的环境中已存在的看法（其他的人是如此确信他们是自由的，而这种欢愉情绪又如此具有感染力）支持我的主张。不论一个人能多么地远离已经存在的伦理的或社会的看法，他总还是要部分地受它们的影响，即使是它们中间最好的看法（有好的看法和坏的看法），他总要使自己的生活符合它们。这样，荒谬的人理解到，他并不真正是自由的。说得更清楚些，因为我在希望，因为我关心真理（它可能是我特有的），关心存在方式，关心创造方式，最后因为我安排我的生活从而证明我认为我的生活是有意义的，这样我就竖起了束缚自己的栅栏。我像很多有才智又有心计的官员一样行事。他们让我反感，而且我现在很清楚，他们只是严肃地对待人的自由，不做任何其他事情。

荒谬在这一点上使我豁然开朗：不存在什么明天。从此，这就成为我的内在自由的原因。我在此要做两个比较。

首先，神秘论者通过给出自己而找到自由。他们通过沉醉于他们的上帝，接受上帝的旨意，而反过来秘密地成为自由的。正是通过心甘情愿地忍受奴役，他们重新获得了彻底的独立。但是，这样的自由意味着什么呢？人们尤其可以说，他们是在自己那里感到自由的，而不是感到被解放出来的自由。同样，完全面对死亡（死亡在这里被当作最确定的荒谬），荒谬的人感到，他摆脱了所有那些不属于在他心中凝聚着的热情所关注的东西。他品尝到了一种相对于公共法则的自由。我们在此看到：存在哲学的基本论题保持着它们全部的价值。回到意识，离开日常的浑浑噩噩，这些都是荒谬的自由的最初步骤。但是它们的目标却是存在的**说教**，以及从根本上离开了意识的精神的跳跃。同样（这是我要进行的第二个比较）古代的奴隶们也是身不由己。但是他们知道这种不感到自己有责任的自由。[①] 而死亡有一双贵族的手，既压制又解救。

沉浸于这种没有根基的确定之中，因此感到足够外在于自己的生活，因而能扩展自己的生活，并能从远处清晰地观看自己的生活，这里有自由的原则。这种新的独立像任何行动的自由一样有确定的界限。它并没有开出永恒的支票。它

① 这里是对事实做比较，而不是赞扬服从。荒谬的人与服从的人是相对立的。——原注

取代了对**自由**的种种幻想，这些幻想在死亡那里都终止了。监狱的大门在某个黎明的时候在死囚犯前面打开了，他有神圣的自由，这种自由不可思议地对一切无动于衷，除了对纯粹的生命之火。人们可清楚地感觉到，在此死亡和荒谬是唯一合理的自由的原则：人的心灵能够体验和经历的自由。这就是我得出的第二个结论。荒谬的人于是隐约看见一个燃烧的而又冰冷的世界，透明而又有限的世界，在这个世界里，一切并都是不可能的，一切都是既定的，越过了它，就是崩溃与虚无。荒谬的人于是能够决定在这样一个世界中生活，并从中获取自己的力量，在其中拒绝希望，执着地证明生活是无法慰藉的。

但是，在这样一个世界里生活意味着什么呢？现在生活只意味着对将来的无动于衷，只意味着要用尽给予的一切。相信生活具有意义总是隐含着价值是有等级的，隐含着要做选择，隐含着我们的倾向。相信生活是荒谬的，按照我们的定义，会告诉我们相反的东西。这是值得我们研究的。

了解人是否能够义无反顾地生活，这就是我要探讨的全部问题。我并不希望超出这个问题的范围。我是否能与呈现在我面前的生活面貌相凑合呢？然而，面对这特殊的忧虑，相信荒谬相当于用经验的量代替经验的质。如果我确信这种生活只具有荒谬的面貌，如果我感到生活的全部平衡都系于我的意识反抗与这反抗处于其中的黑暗之间永恒的对立，如果我承认我的自由只有与其有限的命运相关联才有意义的话，那我就应该说，重要的并不是活得最好，而是活得最多。我并不要知道这生活是庸俗的还是令人厌恶的，是风雅的还是令人遗憾的。在此，价值判断完全被抛弃了，事实判断才重要。我只对我所能看见的东西下结论，而丝毫不冒险对那些只是假设的东西下结论。若说这样的生活是不诚实的话，那真正的诚实则会使我成为不诚实的。

生活得最多；从广义来说，这个生活准则毫无意义。应该明确说明这种准则。首先应指出，人们似乎并没有充分地探究量的概念的意义。这个概念能解释很多人类经验。一个人的道德与价值的等级只有通过他所积累的经验的量与经验的多样性才有意义。然而，现代生活条件给予大多数人同样数量的经验并因此给他们同样深刻的经验。诚然，还应认真考虑单个人身上自发而生的东西，即他身上“既定”的东西。但我不能对之作出判断。在此，我的准则仍然是要与直接自明的事实一致。我于是看到，一种公共习俗的特征与给它以生命力的各种原则的理想的重要性没有太大关系，而是与可被测查的经验的规范相关联着。稍微多说一句，希腊人具有享乐的习俗，犹如我们今天有一天要工作八小时的习俗。但是许多人，特别是最悲惨的人已经使我们预感到一更长久的经验改变了这一价值图表。他们使我们想象一种平常的冒险者，这些冒险者仅仅通过经验的量就能打破一切纪录（我有意用了这个体育术语），并因此获得其特有的道德习俗。[①] 不过，还是让我们离开浪漫主义的立场，仅仅询问对一个决定打赌并且决定严格遵守他认为是游戏的规则的人来说，这种立场能够意味着什么呢？

打破一切纪录，这首先并仅仅是要尽可能经常地面对世界。这又怎么能在没有矛盾、没有语言游戏的情况下进行呢？因为一方面，荒谬说一切经验都是无区别的，而另一方面，荒谬鼓励最大数量的经验。那么，怎么能不像前面提到的许多人那样，选择人类的物质条件最有可能提供给我们的生活方式，并由此引入人们另一方面宣称要抛弃的价值等级呢？

但是，仍然是荒谬和其矛盾的生活在教育我们。因为，当经验的量只取决于我们的时候，认为它取决于我们生活的环境，那是错误的。这里，我们应该简化一下问题。对于两个同样年龄的人来说，世界总是给予他们同样数量的经验。我们应该意识到这一点。感受自身的生活、自身的反抗、自身的自由，而且是尽可能地感受，这就是生活，而且是最大可能的生活。在清晰统治的地方，价值的等级就变成毫无用处的了。让我们说得再明了些。我们说，唯一的障碍，唯一"要战胜的欠缺"是由过早的死亡构成的。此处所暗示的

---

① 数量有时构成质量。如果我相信科学理论最新的阐述，任何物质都是由一些能量中心构成。它们的数量不管大小都造成多少有些特殊的性质。十亿个离子和一个离子的区分不仅仅在于数量，而且还在于质量。这个理论很容易推用于人类经验。——原注

世界只是通过与死亡这种经常的特例的对立而存在。正因如此，任何深邃的思想、任何情感、任何激情、任何牺牲在荒谬的人看来（即使他希望）都不能使一个四十年之久的意识生活与一个贯穿六十年[①]的清晰性等同起来。疯狂和死亡是不可挽回的。人并没做选择。荒谬与它包含的多余的生活**因此并不取决于人的意志**，而是取决于人的对立面——死亡。[②]为了斟酌词句，我们可以说，这只是机遇的问题。应该知道去迎合机遇。二十年的生命与二十年的经验不能互相替代。

希腊民族是极其智慧的民族，但奇怪的是，他们却不合逻辑地认为早夭的人是得到诸神的厚爱。但这只有当人们愿意认为进入诸神的可笑世界就是永远失去最纯真的欢乐时才是真的，最纯真的欢乐就是在这个大地上感受。一个不断意识着的灵魂前面的现在和现在的延续，这就是荒谬的人的理想状态。但理想一词在此有些虚假的味道。这种状态并不是他喜欢的，而只是他推理的第三个结果。从一个非人的焦虑的意识出发，对荒谬的沉思在其道路的最后又回到了人类反

① 对像虚无概念那样不同的概念做的同样的反思。虚无既不给实在增加什么，也不从实在那里拿走什么。在虚无的心理经验中，正是通过思考两千年中发生的东西，我们的虚无才真正地获得其意义。在这其中的一种面貌下，虚无恰是从那些将不是我们生活的将来的生活之总和那里形成的。——原注

② 意志在此只是代理者，它意欲维持意识。它提供一种生活的纪律，这是应该注意的。——原注

抗的熊熊火焰之中。[①]

这样我就从荒谬中推导出三个结果：我的反抗、我的自由和我的激情。仅凭借意识的活动，我就把那邀请我死亡的东西改变成为生活的规则——我拒绝自杀。我完全知道在这些日子里回响不绝的沉闷声音。而我只有一句话：这声音是必要的。当尼采说："显然，天上地下最重要的就是长久地**忍受**，并且是在同一个方向：长此以往，这个大地上某些值得经历的东西就会出现，比如道德、艺术、音乐、舞蹈、理性、精神，等等，这是某些进行改变的东西，某些精妙的、疯狂的或是富有神灵的东西。"他阐明了一种气势非凡的道德准则。但他也指出了荒谬的人的道路。屈从于烈火，这是最容易而同时又是最难于做到的。然而，人在与困难较量有时做些自我判断是件好事。他自己能做到这点的。

阿兰[②]说："所谓祈祷，就是黑夜在思想中降临。"神秘主义者和存在论者回答说，"但是，精神应该与黑夜相遇。"诚然，这个黑夜并不是在紧闭的眼睛之下并只是通过人的意志

---

① 最重要的是要协调一致。在此，人们是从对世界的默认出发的。但是，东方思想告诉我们：人们可以在选择反对世界的同时致力于逻辑的努力。这是合理的，这还为本书提供了观点和限制。但是当对世界的否定同样严格地进行时，人们常常（某些吠檀多学派）导致相似的结果，比方说，一些作品的无所谓态度。让·格勒尼埃（Jean Grenier）在其重要的著作《选择》中用这种方法建立了一种真正的"无所谓的哲学"。——原注

② 阿兰（A.Alain，1868—1951），法国哲学家，评论家。——译注

而产生的黑夜，而是精神为了在其中隐匿而引发的昏暗而又封闭的黑夜。如果精神应该遇到一个黑夜，那就宁愿它是始终清醒的失望的黑夜，是极度的黑夜，是精神的前夜，而由此可能升起完整白昼的光明，这种光明用理智之光勾画出每一个物体。在这一等级上，平衡与激情的理解相遇。甚至无需去判断存在的跳跃。它在人的诸种立场的百年宏伟画幅中重新获得了自己的地位。对观察者来说，跳跃即使是有意识的，它仍是荒谬的。当跳跃自认解决了这个悖论的时候，是完整地确立了这个悖论。跳跃因此而激动人心，也正因此，一切又都各归其位，荒谬的世界在其灿烂光辉与多样性中重生再现。

但是，我们的讨论不应就此停止。我们也很难满足于一种看问题的方法，也很难满足于消除掉矛盾，而矛盾有可能是精神的所有力量中最微妙的。前面的东西仅仅确立了思维的方法。而现在的问题是要生活。

荒谬的人

如果史塔福金纳相信，他并不相信他相信。如果他不相信，他不相信他不相信。

——陀思妥耶夫斯基:《群魔》

歌德说过：“我的领地，就是时间。”这话是荒谬的。那么，荒谬的人究竟是什么样的呢？荒谬的人实际上就是绝不拔一毛以利永恒的人，虽则他并不否认永恒的存在。他对回忆并不陌生。但他更喜欢自己的勇气和推论。前者教他义无反顾地生活并且满足于他现在所拥有的东西；后者则教他知道他的界限。他知道自己的自由是有限制的，知道自己的反抗没有未来，知道自己的意识是要消亡的，他带着这样的意识在生命的时间长河中进行冒险行动。这是他的领地所在，是他的不受任何自己判断之外的判断影响的行动所在。对于他来说，一种更加伟大的生活并不意味着另一种生活。这有可能不公正。我在此甚至并未谈及那被称作为后世的微不足道的永恒。罗兰夫人[①]曾把希望寄予后世。这种轻率的想法使她受到教训。后世很愿意提及罗兰夫人的话，但是却忘记对之进行判断。罗兰夫人对后世来说是无关紧要的。

这里还谈不到道德的问题。我曾看到一些人，他们空有许多的道德标准却愚蠢地行动，而我总是看到诚实是不需要什么规则的。荒谬的人能接受的只有一种道德，那就是与上帝不能分离的道德：就是受支配的道德。然而，他恰是在上帝之外生活着的。至于其他的道德（我这里说的也包括非道

---

① 罗兰夫人（Roland de la Platiére，1754—1793），法国大革命时的政治人物，吉伦特派领导人之一，后因反对雅各宾派于1793年被革命法庭处绞刑。——译注

德主义），荒谬的人在其中只看到一些辩护，而他自己是不需要什么辩护的。在此，我是从“他是无辜的”这个原则出发的。

这种无辜是可怕的。“一切都是允许的”，伊凡·卡拉马佐夫[①]惊呼。这句话也含有荒谬的气味，不过，这必须是以非世俗的理解为条件。我不知道读者是否注意到：卡拉马佐夫的惊呼并不是解脱和快乐的喊声，而是一种略带苦味的承认。相信一个赋予生活以意义的上帝，这里的诱惑大大超过了能够作恶又不受惩罚的诱惑。选择并不是困难的事。但是别无选择，于是苦痛开始了。荒谬并不去解救，而只是去联结。它并非允许任何行为发生。“一切都是允许的”，并不意味着任何东西都不能被禁止。荒谬只是平衡了其行为的诸种结果。它并不让人作恶，那是幼稚的举动，但是，它重新表明了悔恨的无用。同样，若一切经验都无差别，那么责任的经验就与其他经验同样合法。人们随心所欲就能够成为有德行的。

一切道德都是建立在这样一种观念基础上的：即一种行为的结果使这种行为本身成为合法的或者使它不再存在。充满着荒谬的精神只不过认为：对这些结果应该泰然处之。它准备付出代价。换句话说，在荒谬精神看来，即使存在着各

---

① 伊凡·卡拉马佐夫，俄国作家陀思妥耶夫斯基的长篇小说《卡拉马佐夫兄弟》中的主人公之一。——编注

种责任，那也不存在什么罪责。这种精神充其量只会同意将以往的经验用作将来行为的基础。时间将使时间存在，生活将服务于生活。在这被诸种可能所局限并扼制住的领域里，对荒谬精神来说，除了明晰之外，它之中的一切似乎都是不可预料的。什么能够出自这一非理性的领域的规律呢？在它看来，唯一能够有教益的真理并不是形式的：真理是在人那里获得生命力并且展现出来的。于是荒谬精神通过其推理所能寻找到的并不是一些伦理的规范，而是人的各种生活的显示和气息。随之而来的形象都是这类的。它们追随荒谬的推理并且赋予它立场与热情。

我是否还需要发展这样一种观点：即一个例证并不必然是一个要仿效的例证（特别是在荒谬的世界中），而且这些显示并不因此是什么范例？因此，除非是自己要如此，否则从卢梭的例子得出要爬行走路，从尼采的例子得出要虐待母亲，就都是荒唐可笑的。另一位现代作家说："应该是荒谬的，而不应该受骗。"只有在考虑到有关立场的对立面，这些立场才能获得意义。邮局的编外人员与正式雇员如果具有相同的意识的话，那他们就是平等的。在这点上说，一切经验都是没有区别的。这些经验有的服务于人，有的不服务于人。如果人意识到了经验，经验就于他有用，否则，经验就是无关紧要的东西：一个人的失败并不取决于他的环境，而是取决于他自己。

我选择的是这样的人：即只追求自我穷尽或者是我意识

到他们在自我穷尽的人。我不想离题太远。我现在只要谈论这样一个世界：在这个世界里，诸种思想与生活都丧失了前途。促使人去劳动和行动的一切思想都利用希望。这样，唯有无效的思想才是真正不欺骗的思想。在荒谬的世界里，概念和生活的价值是与其无效性相对应的。

唐璜主义

如果仅只爱就足够了，那事情就再简单不过了。人越爱，荒谬就越牢固。唐璜并不是由于缺少爱情才追逐一个又一个的女人。若把他看作为一个追求完整爱情的充满神秘幻想的人，那是滑稽之极。但确实是因为他以同样的激情，而且每次都以其整个的存在去爱那些女人，他才必须重复他的天资和深爱。因此，每个女人都希望给予他别人从不曾给予过他的东西。她们每一次都深深地被欺骗，而且仅仅是使他感觉到需要这种重复。她们之中的一个高呼："最后，我把爱情奉献给你。"而唐璜则令人惊奇地笑道："最后？不！而是又一次。"为什么为了深爱就必须很少次数地爱呢？

唐璜是忧伤的吗？不，不是的。我仅仅诉诸他的风流逸事。唐璜的笑，他桀骜不驯的言行，他的游戏态度以及对戏剧的酷爱，这些都是明亮和快乐的事情。每个健康的生灵都要不断繁衍，唐璜也不例外。然而，忧郁的人们如此还有两个理由：他们不知道，或者说他们希望如此。唐璜知道，但他并不希望如此。他使人们想到这样一些艺术家：他们知道自己的界限，永远不超越这些界限，而且在其精神所处的不稳定的空隙中，他们享受着主人式的妙不可言的安适。知道其诸种局限的智慧，就是天才的所在。直至肉体死亡临头，唐璜都不知何为忧郁。而从他一知道忧郁的时候起，他的笑声就爆发出来，这就使人们原谅了他的一切。在他要希望的时候，他曾是忧郁的。而今天，在这个女人的嘴唇上，他又尝到了唯一知识苦涩而又令人安慰的滋味。苦味？几乎可以说不是：这种必要的欠缺使他感受到了幸福。

如果我说唐璜是一个由宗教布道书培养出来的人，那是骗人的话。因为，唐璜认为，没有比希望另一种生活更虚浮的了。他证明了这一点，因为他用另一种生活反对上天。对欲望的怀念消失于享乐之中，这对无能为力者来说是共同的东西不属于他。这倒是与笃信上帝而投身魔鬼的浮士德十分相宜。对于唐璜来说，事情简单得多。莫利那的骗子[①]每次在受到进地狱的威胁时总是回答：“你给了我太长的期限啊！”死亡之后到来的东西是毫无价值的，对那些知道自己是活着的人来说，前面的日子多长啊！浮士德要求得到这个世界上的全部财富：这不幸的人只是伸出手来。不知道享用灵魂已经是在出卖自己的灵魂。而唐璜则相反，他支配着自己的欲望。如果他离开了一个女人，那并不绝对地是他对她没有欲

① 骗子是指莫利那的剧本《塞维利亚的骗子》中的人物，骗子即唐璜。莫利那（Molina，1583—1648），西班牙戏剧家，在《塞维利亚的骗子》（*El Burlador Sevilla*）中，唐璜的形象第一次被搬上舞台。——译注

望了。一个美丽的女人总是可欲的。而是因为他要得到另一个女人，不，这并不是一回事。

唐璜对他的生活心满意足，没有比失去这种生活更糟糕的了。这个狂人是伟大的智者。但是，靠希望而生活的人们是与这个世界格格不入的，在这个世界中，善良让位于慷慨，温柔让位于男人们的沉默，协调共和让位于独胆孤勇。所有的人都会说："这是一个弱者，一个理想主义者或一个圣人。"应该蔑视这进行侮辱的伟大。

对于唐璜的语言和他用于所有女人的词句，人们已表示了足够的愤慨（或者是贬低他所欣赏的东西的同谋的笑）。不过，在那些寻求欢乐数量的人看来，唯独效果才是最重要的。诸种口令已经经受过了考验，还有什么必要使其复杂化呢？没有任何人——无论是男人还是女人——听这些口令，毋宁说是听发出这些口令的声音。这些口令是规则、协约和客气话。人们说着这些话，而之后，还有最重要的事要做。唐璜已早有准备。为什么他会提出一个道德问题？他并不是像米洛什剧中的玛纳拉[①]是因为要成为圣人而遭天罚。在他看来，地狱是人们引发出来的东西。对于神的愤怒，他只有一种回答，那就是人的荣誉。他对长官说："我崇尚荣誉，我践守诺言，因为我是骑士。"但若把他看成为一个非道德主义者也同样是极其错误的。在这点上他和"所有的人"一

① 玛纳拉是米洛什《米盖尔·玛纳拉》剧中的人物。米洛什再次把唐璜形象搬上舞台。米洛什（Milosz，1877—1939），法国诗人、作家。——译注

样：他有评论好恶的道德标准。只有总是考虑到唐璜在世人眼里通常象征着什么，我们才能理解唐璜：一个普通的诱惑者，而且是男人诱惑女人的象征。他是一个普通的诱惑者。[①]除了这样一个区别，他是有意识的；也正是因此，他是荒谬的。一个变得清醒的诱惑者并不因而有什么改变。诱惑是他的状态。只有在小说中人们才能改变状态或变得好一些。但人们可以说什么都没改变，而同时又可以说一切都发生了改变。唐璜在行动中实现的是量的伦理学，这与倾向于质的圣人的伦理学背道而驰。不相信事物深刻的意义，这是荒谬的人特有的个性。他感受了这些热情或令人称羡的面貌，把它们储存起来并越过它们。时间与他并进。荒谬的人就是与时间须臾不可分的人。唐璜并不想"收集"这些女人。而是要穷尽无数的女人，并且与这些女人一起穷尽生活的机遇。收集，只是能够与其过去一起生活。而唐璜拒绝怀念，他认为这是希望的另一种形式。他从来不知道要去看她们的肖像。

那他是否因此就是自私的呢？大概以他的方式是自私的。但在此还有要理解的问题。有一些人生来是为着生活，有些人生来是为着去爱。唐璜至少在口头上极愿意这样说。但这只是笼统的说法，他还能从中进行选择。因为，人们在此所说的爱情充满着对永恒的憧憬。所有的情感专家都告诉我们，

① 这是从完整的意义上并从他是有缺陷的意义上讲的。健康的立场也包括着一些缺陷。——原注

只有受阻的爱情才是永恒的爱情。几乎没有不包含有斗争的激情。这种爱情只有在最后的矛盾即死亡中才能找到归宿。应该要么成为维特[①]，要么什么也不是。在此，可以说还有多种自杀的方法。其中之一就是全部地奉献，及彻底放弃自我。唐璜与其他人一样知道，这些说法是动人心弦的。而他却是寥寥可数的几个明白重要的事情并不在此的人之一。他还清楚地知道，那些为一种伟大的爱情而离开自己全部生活的人可能会日益丰富，但是，他们爱情所选择的人则肯定会日益贫乏。一位母亲，一个富于情感的女人，她们都必须有一颗冷漠的心，因为这颗心离开了世界。独一的情感、独一的存在、独一的面孔，这一切都被吞噬了。震撼唐璜的是另一种爱情，这是解放的力量。他带有世界的各种面貌，他战栗则是因为他知道自己是要死的。唐璜选择成为没有价值的人。

对他来讲，问题在于要清楚明白地去看。我们将那把我们与某些人联系起来的东西称作爱情，但这样做只是依据书籍和传说，依据集体的看法。说到爱情，我知道的只是把我与这样的存在相联起来的欲望、爱抚与智慧的混合物。对另一个存在来讲，又有另外的复合体。我没有权利用同一个名字称呼所有这些经验。这样，就不必以同样的动作进行这些经验。荒谬的人在此还增加着他所不能够统一起来的东西。

---

① 维特（Werther），德国著名诗人、文学家歌德小说《少年维特之烦恼》中的主人公。——译注

于是他发现一种解救他的新的存在方式，至少可以说，这种存在方式同样解救了与他亲近的那些人。只有一种慷慨的爱情：那就是知道自己既是短促而又是特殊的爱情。正是所有这一切的死亡与再生编织成为唐璜生命的花环。这就是唐璜所确定的而且要赋之以生命的方式。我让读者自己去判断这种方式是否是利己主义的。

在此我想到所有那些坚决认为唐璜应受惩罚的人。他们认为他不但应在来世受罚，而且应在今生就受到惩罚。我想到有关暮年的唐璜的所有传说、神话和笑料。唐璜对之已有准备。对一个有意识的人来说，衰老和衰老所预兆的东西没有什么可大惊小怪的。只因他并不掩盖衰老的可怖，他才是真正有意识的。在雅典就有过一座为老人建造的神庙，人们还带孩子们去那里。唐璜认为，人们越笑话他，他的形象就越突出。因此他拒绝接受那些浪漫主义者为他塑造的形象。没有任何人嘲笑这个被折磨的可怜的唐璜的形象。人们怜悯他，但上天会拯救他吗？事情并非如此。在唐璜隐约看到的天地中，也包含可笑的东西。他会感到受惩罚是正常的。这是游戏的规则。他的高贵让他接受游戏的全部规则。但他知道他是正确的，关键问题不在于惩罚。一种命运不是一种惩罚。

这就是他的罪，就像有人认为的那样，那些相信永恒的人们呼吁对他施加惩罚。他已达至一种没有幻想的知识，这种知识否认那些相信永恒的人所宣扬的一切。爱和占有，征服与穷尽，这就是他的认识方式。(在《圣经》所喜爱的认识这个词中还包含有爱情行为的意义。）唐璜是这些相信永恒的人们最可憎的敌人，因为他不知道他们。一位轶事作家报道说，真正的“骗子”是被天主教方济各会的修士们杀害的，这些修士们想结束“唐璜放荡不羁、亵渎宗教的生活，而这种生活的诞生保证着唐璜不受惩罚”。随后，这些修士们宣称是上天把他劈死的。没有任何人验证这奇怪的结局，也没有任何人能证明相反的结局。但是，不考虑这些是否是真实的，我就能够说这是合乎逻辑的。我在此只是想坚持“诞生”这个术语并且在词语上做文章：正是活着保证着他是无辜的。他正是从死亡自己那里得到了在现在成为传说的罪。

那么，这个司令官石像意味着什么？这个已开始惩罚那些敢于思考的热血英勇之躯的冰冷的雕像意味着什么呢？永恒理性、秩序、普遍道德的所有力量，所有不属于会发怒的上帝的伟大，都可存在于这一形象、这一司令官这里。这个巨大的没有灵魂的石头仅仅象征着唐璜总是否定的那些力量。但是，司令官的使命仅止于此。雷电能重现于人们由之召唤这些力量的人造的天空。真正的悲剧是在这些力量之外发生的。不！唐璜绝不是死于一双石手之下。我愿意相信那故弄玄虚的传说，相信向一个并不存在的上帝挑战的健康的人的失去理智的笑声。但是，我尤其相信，唐璜在安娜家里等待的那天晚上，司令官并不曾来，这亵渎神灵的人在午夜过后必定感觉到正人君子们可怕的痛苦。我还愿意接受对他生活的这样一种叙述：他最终隐居在了一座修道院里。这并不是说，传说中启发性的情节可以被当作真实的情节。他向上帝要求的是什么样的归宿呢？这更多地体现了一种充满荒谬的生活的逻辑结果，体现了一种拼命享乐的存在的疯狂结果。在此，享乐终结于苦行禁欲。应该明白，享乐和苦修很可能是一种结果的两种表现面貌。更令人战栗的景象是：一个人的身体背叛了他自己，他又不能及时地死去，只有靠演戏来等待结束，面对着的是他并不喜欢的上帝，他为这上帝服务，就像以往为生活服务一样，他跪倒在空无的面前，伸开双臂求助于一个他明知是空无的惨淡天空。

我看见，唐璜栖身于西班牙一座小山丘上荒废的修道院的一间净室中。如果他看到了什么，那绝不是流逝的爱情的幽灵，也许他透过太阳炙烤的墙的裂缝看到的是西班牙宁静的田野，看到的是美丽的，没有灵魂的，他在其中认识自己的土地。是的，正是应该停止在这幅忧郁而光彩的图画上。最终的结局，在前面等着我们却永远不是我们想要的结局，是可被藐视的。

戏剧

哈姆雷特说："演戏，那是一个陷阱，我在其中要捕捉住国王的意识。"捕捉这个词用得很妙。因为意识或转瞬即逝，或反身向内。应该快速地把握住它，在几乎难以觉察的时候把握住它，意识在这个时刻短暂地关注自身。一般人不喜欢拖延时间。相反，他感到一切都很紧迫。但是与此同时，没有什么能比他自身更使他感兴趣，特别是他可能成为的那些东西。由此，他产生了对戏剧的兴趣，对演戏的爱好，而戏剧向他展现了那么多的命运，他感受到了命运的诗意又没有遭受命运的痛苦。在此，人们至少认识到了无意识的人，而无意识的人继续走向人们不知道是什么的希望。荒谬的人从希望结束的地方开始，从精神不再只是欣赏游戏，而是要加入游戏开始。深入到各种生活之中，经历生活的多样性，这就是演出各种生活。我并不说一般的演员都服从这个召唤，也不说他们是荒谬的人，而是说他们的命运是荒谬的命运，这荒谬的命运也许能够诱惑和吸引一颗明澈的心灵。为了不误解下面的论述，我们提出这点是十分必要的。

演员统领着终要消失的王国。我们知道，演员的荣耀是一切荣耀之中最短暂的。至少人们在平日谈话中这样说。但是，应该说，一切荣耀都是短暂的。从天狼星那里看，歌德的所有著作会在一万年后化为灰烬，而歌德的名字将被人遗忘。只有考古学家们可能会寻找到我们时代的“遗迹”。这是十分有意义的观点。这一被认真思考的观点将我们的焦虑不安还原到人们在冷漠中发现的深刻的崇高之中。它尤其把我们的注意力引向最确实的事物，也就是当下发生的事情。在所有的荣耀中，最少欺骗性的就是自我感受到的荣耀。

演员于是就选择这种无可估量的荣耀，即自我认可和自我感受的荣耀。从所有的都终将死亡这一事实他得出了最好的结论。一个演员，要么是成功，要么是失败。而一个作家即便默默无闻也仍有出头的希望。他认定他的作品将会证实他曾经存在过。演员最多会留给我们一个照片，曾隶属他的一切：他的动作、他的沉默、他爱情的心跳都传不到我们这里。对他来讲，若不为人知，就是没有扮演，而若没有扮演，那就意味着和那些他本应使之存活或再生的存在一起死亡。

发现建立在最短暂的创造之上的要消亡的荣耀，这有什么可奇怪的呢？演员当了三个小时的伊阿古、阿尔塞斯特、费德拉或葛罗斯特[①]。在短暂的时间内，演员在五十米见方的

---

① 伊阿古是莎士比亚的著名悲剧《奥赛罗》中的人物，阴谋家。阿尔塞斯特是莫里哀喜剧《恨世者》中的男主人公。费德尔是拉辛的悲剧《费德尔》的同名女主人公。葛罗斯特（伯爵）是莎士比亚的悲剧《李尔王》中的人物。——编注

舞台上让这些人物生活或死亡。荒谬则从来没有被这样出色地、长时间地表现过。这些奇妙的生活，这些独特而又完整的命运在舞台天地的几小时内展开和结束，还能希望有比这样的集中表现更有启发性吗？西吉斯蒙德[①]下了台就什么都不是了。剧终两个小时之后，人们会看见他在城里吃晚饭。这大概是因为生活就是一场梦幻。不过西吉斯蒙德下台后，还会有另一个角色上台。优柔寡断的苦恼的主人公代替了复仇之后狂呼的人。就这样，演员不知横跨多少世纪，不知遍及多少精神，模仿着人们可能是的和人们所是的，他还与另一个身为浪游者的荒谬的角色融为一体。演员就像荒谬的人那样穷尽着某种东西并且永不停息地前进。他是时间的过客，而且对最优秀的演员来讲，他就是灵魂的走投无路的过客。如果量的道德[②]总是能够寻觅到一种养料，那就是在这样特殊的舞台上。我们很难说出，在多大的程度上，演员受益于这些角色。但这并不是关键所在。关键仅仅在于要知道，演员在什么程度上与这些不可互相替代的生命同一。确实，演员有时会随身负载着他们，而他们有时也会稍微地越出他们在其中诞生的时空。他们伴随着已不再轻易与他自身曾经有的东西相脱节的演员。有时，演员在拿杯子时，会又重复哈

---

① 西吉斯蒙德（1368—1437），1433 年加冕为神圣罗马帝国皇帝。——译注

② 量的道德（la morale de la quantité），这是加缪的常用语，这里的量是与质相对的。——译注

姆雷特举起酒杯的姿势。噢，不！在演员和他要复活的存在之间并没有多么长的距离。于是，他日复一日地不厌其烦地显明这样一个含义丰富的真理：在一个人想要是的与他所是的东西之间没有不可逾越的鸿沟。他总是致力于更生动地表现角色，他要揭示的是，表象在何种程度上创造了存在。因为他的艺术是：绝对地模仿，尽可能深入到并不是他自己的生活中去。经过他的努力，他的天性表现得淋漓尽致：尽心竭力于不是任何角色或者成为若干角色。他创造其角色受的限制越大，其才能也就越是必需的。三小时之后，他将在今天所扮演角色的面目下死去。他必须在这三小时内完整地经历并表现一个特殊的命运。这叫作为了再现而消隐自身。在这三小时中，他将走到这条死路的尽头，而舞台下的观众则是用整整一生走完这条路的。

演员模仿要消亡的人，因此他只是在表面上表现和完善这个角色。演戏的惯例是，心灵仅仅通过动作，仅仅通过身体——或通过与灵魂、身体同样重要的声音——表现自己并使人理解自己。这种艺术规律要求一切都在肉体中生长和表现。如果在舞台上必须像真实的人那样去爱，像真实的人那样去利用心灵的不可替代的声音，像真实的人那样去看，那我们的语言就有待于辨认。在这里，沉默必须使自己被听到。爱情使声音提高，而静场自身成为戏剧的壮观。身体是国王。并不是“戏剧性的”要求这样，这个被错误地对待的词包含了整个一种美学和伦理。人生的大半都是在暗示、转面不见、沉默不语中度过的。演员在此是僭越者。他激发起被束缚的灵魂的魔力，于是各种情感在舞台上争先恐后地迸发出来。它们在所有的动作中说话，它们只通过喊声生存。演员就这样创造自己的角色，而这些角色是他要表现的。他描绘或刻画着自己的角色，他溜进角色想象的形式中，并将自己的热血注入角色的幽灵中。无须说，我这里讲的是伟大的剧作，即给演员机会以充实他的整个肉体命运的剧作。比如说莎士比亚，他的戏剧最初的活动是，一些疯狂的举动激发舞蹈！身体的疯狂能解释一切，没有它，一切就都会烟消云散。李尔王若没有流放考获利娅和惩处爱德伽的粗暴行为，他是永远不会去赴那使他发狂的约会的。准确地讲，这个悲剧是在精神错乱的情况下展开的。那些灵魂都委身于恶魔与狂乱。这出戏中至少有四个疯人：其一是为职业所致，其二是为意志所致，最后两个是为忧郁所致：四个错乱的身体，四种在同样条件下难以描述的人物。

人的身体本身的等级是不充分的。假面具和厚底靴，使演员面目全非的化妆，夸张或简化的服装，所有这些都只是为了表演，只是为了让眼睛去看。身体通过荒谬的奇迹也带来了知识。如果我不扮演伊阿古，我就永远不能深刻地理解他。光听见他的声音是不行的，只有在我看见他的时候我才能把握住他。演员从荒谬的角色中获得了他独特的影子，演员于是就把这个陌生的同时又是熟悉的影子带到他扮演的所有角色中去。伟大的剧作在此仍然是为情感的声音的统一服务的。[①] 这正是演员自相矛盾的地方：同一然而又如此多样，如此多的灵魂在一个身体中。然而，这就是荒谬矛盾本身，就是一个人想到达一切并经历一切，就是徒劳无益的尝试，就是毫无意义的坚持。那些总是自身矛盾的东西在演员中统一了起来。这是身体和精神融合并紧密相交之处，就是因自身失败心力交瘁的精神转向他最忠实的同盟者的地方。哈姆雷特说过："把激情和理智奇妙地融合在一起，而且命运不能把他玩弄于股掌之间，那样的人是有福的。"

宗教怎么能不谴责演员的这种行为呢？宗教要在舞台艺术中取消那些异端的灵魂，取消那过度的激情，取消那宣称不愿只经历一种命运的怪诞思想以及那狂饮纵欲的习尚。宗教禁止这些灵魂对"现在"的偏好及普洛透斯式[②] 的胜利，因为这些都是与宗教教义相异互悖的。永恒并不是一种游戏。一种愚蠢的精神更倾向于戏剧而不是永恒，因而它就得不到永恒的拯救。在"处处"与"永远"之间，不存在调和的余地。正是由此，这如此无价值的职业会招致极度的精神混乱。尼采说："重要的不是永恒的生命，而是永恒的创造力。"任何悲剧实际上都出于这种选择。

---

① 我在此想到莫里哀的阿尔塞斯特。一切都是那么简单、明了、粗俗。阿尔塞斯特反对费兰特，色利曼纳反对艾里雅特。——原注（以上提到人物均为莫里哀著名剧作《恨世者》中的人物。——译注）

② 普洛透斯，希腊神话中变幻无常的海神。——译注

躺在临终床上的阿德利娜·勒库弗勒[1]，她曾经非常希望忏悔并领圣体，但却拒绝放弃自己的主张。因此她得不到忏悔的好处。这若不是用心灵深处的激情抗拒上帝，又是什么呢？这处于弥留状态的女人，满含热泪拒绝放弃她心中的艺术，显示了舞台上她从没有达至的伟大。这是她扮演的最美好的角色，也是最难掌握的角色。在上天与滑稽可笑的虔诚之间抉择，自我追求永生或投身于上帝，这就是百年以来的悲剧，在其中，勒库弗勒的地位不容忽视。

当时的戏剧演员们知道自己是被开除教籍的。选择演员这个职业，就是选择了下地狱。宗教认为演员是他最凶恶的敌人。某些文学家为之愤慨："什么，拒绝对莫里哀做最后的救助！"但这是对的，特别是对莫里哀这个死在舞台上的人来说，他在演员的面具下结束了一个要消失的生命。人们为此祈求宽容一切天才。但是天才却什么都不宽容，这是因为天才否定一切。

因此，演员预先就知道他可能受到的惩罚。但是，这种以生活为他所保留的最后的惩罚为代价的如此模糊的威胁的意义是什么呢？这种意义是演员预先体验了并全部地接受了的。对演员和荒谬的人来说，早夭是无可挽回的。什么都抵偿不了他可能会经历过的角色和世纪。但是无论如何，还是

① 阿德利娜·勒库弗勒（Adrienne Lecouvreur，1692—1730），法国18世纪著名戏剧演员，被称作当时最出色的悲剧演员。——译注

要死的。因为演员无疑是无处不在的，而时间还拖着他并与他一起制造其影响。

只要稍有点想象就可体会到一个演员的命运意味着什么。他在时间中塑造并展现他的角色。他也是在时间中学着把握这些角色。他经历的生活越多，就越能脱离这些生活。他应该在舞台上或世界上死去的时候到了。他所经历的一切就在眼前，他看得一清二楚。他感觉得到这种遭遇中令人心碎而又难以代替的东西。他现在知道并且能够去死。因此有些养老院是专门为老年戏剧演员而建的。

征　服

征服者说："不，不要以为，我因为喜欢行动，就必须忘记思维。相反，我完全能够确定我相信的东西。因为，我是真的相信的，而且我是确定地和清楚地看到它的。有些人说：'因为我知道得过多，所以我不能表述这个。'不要相信他们的话。因为，如果他们不能表述，那是因为他们不知道，或者是由于他们的懒惰，只停留在事物的表面。"

我并没有太多的想法。在一个生命结束时，人发现他花费了那么多年仅仅是去证实一个真理。然而，如果这个真理是清晰的，它就足以引导一个存在。至于我，我决定对个体的人发表一些看法。人们总是很粗暴谈论他，而且在需要时以适度的蔑视谈论他。

人是由于他不说的事情，而不是他所说的事情而成其为人的。对很多事情我都保持沉默。但我坚信：所有那些对个体的人进行过判断的人，他们在做判断的时候所用的经验比我们的经验少得多。智慧，生机勃勃的智慧可能已经预感到应该注意的东西。但是，时代的衰落与鲜血使我们异常清醒。古代的人们，近代的人们，甚至是我们这个机械化时代的人都可能要把社会道德与个人道德放在天平上掂量，都可能寻问其中哪一个应服从另一个。这之所以可能，首先是因为在人的内心中的顽固的反常迷乱，而根据这种反常迷乱，各种生者被置于世界之中去服务于人或被别人服务。其次是因为，无论是社会还是个体的人都还没有显示自己的全部能力。

我知道许多明智的人都对在佛兰德[①]战争的腥风血雨中诞生的荷兰画家们的伟大作品赞叹不已，对出现在三十年残酷战争[②]中的西里西亚神秘主义者们的祈祷激动万分。在他们好奇的眼中，永恒的价值出现在世俗的动乱之上。而时间自此已有前行。当今的画家就缺少这种清醒。尽管他们内心（我这里指的是僵硬的内心）完全知道应该去创造，那也毫无用处。因为每个人和圣人本身都被动员起来。这大概是我最深切地体会到的。战壕中的每一次失败，炮火中的每一次隐喻或祷告，都使永恒失去一部分。我意识到我与我的时间不可分离，于是我决定与时间融为一体。这就是我为什么单单由于觉得个体的人是可笑和卑微的就如此重视个体。因为，知道并不存在胜利的事业，所以我偏好失败的事业：失败的事业要求一个完整的灵魂，它在失败和暂时胜利时是同样的。对于一个感到与世界的命运联在一起的人来说，诸种文明的冲突包含着使他焦虑的因素。我把这种焦虑变成我自己的，

① 佛兰德（Flandre），法国北部与比利时之间的地区。——译注

② 三十年战争（1618—1648），又称“宗教战争”，是由神圣罗马帝国的内战演变而成的一次大规模的欧洲国家混战。——编注

同时我要将我的焦虑加入这焦虑中。在历史与永恒之间，我选择了历史，因为我喜爱确实的东西。至少我对历史是确信的，那如何能否认这种折磨我的力量呢？

我们总会遇到必须在沉思和行动之间做出选择的时刻。这叫作“成为一个人”。这种分裂是可怕的。在一颗高傲的心看来，绝没有中间道路可走。要么是上帝，要么是时间；或者要么是十字架，要么是匕首。这个世界具有一个更高的意义，这种意义超过了它的各种纷乱，或者说只有这些纷乱是真实的。要么与时间同生死、共存亡；要么为一种更伟大的生活而躲避时间。我知道有人会妥协，有人会生活在时间里而又相信永恒。这种态度叫作忍受。但我讨厌这个词。而且我是要么得到一切，要么就什么都不要。如果我选择了行动，不要以为沉思对于我就是陌生之地。只不过沉思不能给我一切，而缺少永恒，我则要与时间相结合。我并不要求在我的计划中得到回忆和苦痛，我只是想在其中看得清楚。我要说，你们明天将行动起来。这对你们、对我都是一种解放。个体的人一无所能，但他又什么都能。在这美妙的随意性中，你们会明白为什么我要赞扬他同时又要压倒他。世界折磨着他，而我要解放他。我将他的一切权利都给了他。

征服者们知道，行动自身是毫无用处的。只有一种有用的行动，就是重新造人和世界的行动。我永远不会重新造人。但是人们必须“就像”（重新造人）那样地去行动。因为斗争的道路使我与肉体相遇。即使是受屈辱的身体，它也是我唯一确定的东西。我只能依它为生。这被造物是我的家乡。这就是为什么我选择了要进行荒谬而又无效的努力的原因。这也是为什么我总是站在斗争这一方的原因。我已经说过，时代准备着斗争。到此，征服者的伟大还是在于地理方面，对这种伟大进行衡量依据的是所征服土地的广度。这个词改变了原义而不再指胜利的将军，并非没有道理。伟大改变了它的战地。它在反抗之中，在没有未来的牺牲之中。在这里，并不是我们喜好失败。胜利是我们希望的。但是只存在一种胜利，它是永恒的胜利。而我永远得不到这个永恒胜利。这是我追求的目的，而且我为此穷追不舍。一次革命的实现总是要反对各种神，从普罗米修斯的革命开始就是如此，他是现代征服者的先驱。征服是人与命运相对抗所要求的：穷人的要求不过是借口。但是我只有在这种精神的历史活动中才能把握这种精神，而且正是在活动中我才与这种精神相结合。然而，不要以为我对之心满意足：面对基本的矛盾，我保持我的人的矛盾。我把我的清醒置于那些否认它的东西之中。我在那些要粉碎人的东西面前赞扬人，而且，我的自由、我的反抗以及我的激情就在这紧张状态中，在这清醒与巨大的重复中融为一体。

是的，人就是他自己的目的，而且是他唯一的目的。如果他要成为某种东西，那也是在他现在的生活中成为某种东西。我现在对此已深信不疑。征服者有时谈到战胜与超越。但他们所期待的永远是“自我超越”。读者清楚地知道这意味着什么。每个人都会在某些时刻感到自己与一个上帝是平等的。至少人们是这样说的。但这是由于人在某一瞬间突然感觉到了人的精神惊人地伟大。征服者只是那些充分感觉到自己力量的人，他们有力量确保能恒常地在这一高度生活，而且明确地意识到人的伟大。这多多少少是个算术级的问题。征服者们最能够做到这些。但是，当他们愿意的时候，他们却不能超过人本身。所以，就是在最狂热地沉醉于革命灵感之中的时候，他们也永远离不开人的熔炉。

他们在行动中找到了残缺不全的创造，但是，他们也找到了他们喜好和欣赏的唯一价值，即人和人的沉默。这既是他们的贫困，也是他们的财富。在他们看来，只有一种乐趣，那就是人的诸种关系的乐趣。怎么能不明白，在这脆弱的世界中，一切有人性的而且只包含人性的东西都具有一种更加生动的意义。紧绷着的面孔，濒于破裂的手足情，人与人之间强烈又纯真的友谊，这一切都是真正的财富，因为它们最终是要死亡的。精神在它们中间最深切地感到了自己的力量和局限，也就是说感到了自己的有效性。某些人曾说过这是天才，而我认为说天才过于匆忙了，我宁愿用理智这个词。应该说，这可能是最恰当不过的词了。它照亮了这片荒漠并且支配着它。它明了自己的界限并加以明确的阐述。它将与身体同时死亡。但是，知道这一点，就是它的自由。

我们并非不知道，一切宗教都反对我们。一颗那么紧张的心灵挣脱了永恒，而一切宗教——无论是天神的宗教还是政治的宗教都要求永恒。幸福和勇气，报应或正义对它们来讲都是次要的目的。这是它们带来的一种理论，而且要求服从它。但是，我与这些观点或者说与永恒是毫不相干的。我这里的真理是手摸得着的真理。我不能与这些真理分离。这就是为什么你们在我身上建立不起任何东西的原因：征服者没有任何东西可以延续，甚至是他的理论。

这以后，死亡的降临无论如何是不可避免的。我们知道这点。我们还知道，死亡会结束一切。所以，遍布欧洲大陆上的，使我们某些人不得安宁的坟墓是丑陋的。人们只会美化他们所爱的，而死亡使我们厌烦。死亡还等待我们去征服。最后一个卡拉拉[①]人被囚禁在瘟疫将之洗劫一空且已被威尼斯人攻占的帕多瓦[②]。他狂呼着跑遍空无一人的宫殿：他召唤魔鬼，请求他们让他去死。这是一种超越死亡的方法。这还是西方人特有勇气的标志，它使得死亡在其中自认高贵的地方变得极其可憎。在反抗的宇宙中，死亡赞颂着非正义。死亡是最终的放纵。

另外一些也不妥协的人们选择了永恒并且揭露了这个世界的虚幻。他们的坟墓在花香鸟语中微笑着。这也适用于征服者，并且为征服者清晰地描绘了他所拒绝的形象。征服者选择了漆黑的铁栅栏或无名的深渊。崇信永恒的人们中的佼

① 卡拉拉，意大利地名。——译注

② 帕多瓦，意大利地名。——译注

佼者，他们有时会感到一种恐惧，这种恐惧充满着对这样一些人的关注和怜悯，他们能够以与上相似的死亡形象来生活。然而，这些人就是由此得到其力量和正义感。我们的命运就在我们面前，而我们挑战的正是这命运。这不是由于傲气，而是由于我们意识到无意义的状况。我们有时也怜悯自己。这似乎是我们所能接受的唯一的怜悯：一种你们可能并不理解并且你们认为缺乏阳刚之气的感情。然而，正是我们中间最勇敢的人体验了这种感情。但是，我们还是要称清醒的人为阳刚之人，我们不需要与清醒相脱离的勇气。

再重复一遍，以上种种形象主张的并不是道德，它们并不涉及判断：它们是一些图像。它们只是表现一种生活方式。情人、演员或冒险家都扮演荒谬的角色。同样，如果圣人、官员或共和国总统愿意的话，他们可以扮演荒谬的角色。只要去知道并且不掩盖任何东西就足够了。人们有时在意大利的博物馆里会看到一些小画板，这是神父们放在临刑的死刑犯面前的，为的是遮挡住绞刑架。人的各种形式的跳跃，他对于神圣和永恒的急迫追求，以及沉迷于日常和观念的幻象中，所有这些隔板都隐藏了荒谬。但是还有一些文员面前并没有隔板，我下面要讲的就是这些人。

我选择了最极端的例证。荒谬赋予这一层次的人至高无上的权力。的确，这些王子们是没有自己的王国的。但是他们身上有优于其他人的地方：他们知道任何王权都是幻想。他们知道自己的全部伟大之处，人们若要谈论他们隐藏的不幸或幻想破灭后的尘灰，是徒劳的。失去了希望，并不意味着绝望。大地的火焰完全可以与天堂的芬芳相媲美。我，以至任何人都不能在这里评判他们。他们并不千方百计地要成为最优秀的人，而是期求成为始终如一者。如果明智这个词可用于这样的人，他以其所有而生活，并不期望于其所无，那么他们就是明智的人。他们之中之一既是征服者又是属于精神的，既是唐璜又是有知识的，既是戏剧演员又是有理智的，他比任何人都更知道："当一个人将其温良可爱的小羊变得十全十美时，他在天地间也不配有任何特权：他最多仍然还是一个带着角的温良可笑的小羊，且只是如此——即使承认他并不自负，而且他不会将自己当作法官而引起公愤。"

无论如何，应该在荒谬推理的基础上重新建立更加热情的人的面貌。想象能够补充进去很多其他面貌，与时间与流放紧密相连并且能够在一个没有前途、没有软弱无能的天地里生活的面貌。在这个荒谬的、没有上帝的世界里云集着进行清醒思考而且不再有任何希望的人们。不过，我还没有谈到这些人物中最荒谬的人，那就是创造者。

荒谬的创造

哲学和小说

所有在荒谬的稀薄空气中维持着的生命都需要某种深刻而又持久的思想以使自己富于生气，否则，它们就不能继续下去。在此，这种思想只能是一种特殊的忠诚感。我们已经看到，有意识的人在最荒唐的战争中完成了他们的任务，而且并不认为自己是处在矛盾之中。这是因为他们没有回避任何东西。因此，有一种形而上学的幸福支持着世界的荒谬性。征服或游戏，无限的爱，荒谬的反抗，这些都是人在自己事先就被战胜的战斗中向自己的尊严致敬。

问题仅在于忠实于战斗的规则。这种思想足以滋养一种精神：它支持过现在仍支持着全部的文明。人们并不否认战争。他或者为战争而死，或者为战争而生。荒谬亦是如此：关键是要与它同呼吸、共命运，认识到它的教训并重获其真谛。从这点上来讲，荒谬的快乐正是创造。“艺术，唯有艺术，”尼采说，“我们拥有艺术以便不死于真理。”

在我要描述并且以不同的方式使其被感知的经验中，毫无疑问发生着一种精神剧痛，而在这剧痛出现的地方另一种剧痛则因之死亡。对遗忘的稚气的追寻，对欢乐的呼唤现在没有得到回响。但是，使人面对世界的持续的紧张状态，使人接受一切的确定的谵妄兴奋给人留下了另外一种狂热。在这个世界里，艺术作品是保持其意识并关注意识的各种冒险的唯一机会。创造，就是生活两次。普鲁斯特焦急的摸索性的探究，他对于花朵、地毯与焦虑的细致入微的描述就意味着这种创造。与此同时，他的探究除了是连续不断和不可觉察的创造之外，不具有其他任何意义；而戏剧演员、征服者和所有荒谬的人在他们生活的每一天中都致力于这种创造。他们都企图模仿、重复或再造他们的实在。我们总是终止于得到我们的诸种真理的面貌。在一个已离开永恒的人看来，整个存在只不过是荒谬面具下的一种夸张的模仿。创造，是伟大的模仿。

这些人首先是知道，然后是竭尽全力查看、扩大并且丰富他们刚刚到达的这个没有未来的岛屿。然而，首先是要知道。因为，荒谬的发现是与这样的时间间隙相重合的，在这个时间间隙中，未来的激情出现了并被合法化。就是那些没有福音的人们也会有自己的橄榄山。但他们也不应该在橄榄山上沉睡不醒。荒谬的人认为，问题不再是去解释或找寻，而是要去经历、去描述。一切都始于远见卓识的冷漠态度。

描述，这是一种荒谬思想的最后企望。科学也是如此，当它达至其各种悖论的尽头，就会停止提出理论，并且停下来去沉思和勾画现象的永远未开垦的面貌。心灵于是了解到：这种使我们在世界面前感到高兴的情感并不是从世界的深处而是从世界面貌的多样性那里来到我们心中。解释是徒劳的，但感受却存在，而且与这种感受一起，还存在世界在数量上无尽的吸引力。我们在此理解到了艺术作品的地位。

艺术作品标志着一种经验的死亡和这种经验的增加。它犹如被世界所组合起来的诸主题的单调而又热情的重复：身体、庙堂三角楣上无数的画像、形式、颜色、数量、悲痛。作为最终的结果，要在创造者美妙而又稚气的天地里找到本书中最重要的主题，这并不是可有可无的事。否则，人们就会错误地在其中看到一种象征，并且会相信艺术作品最终能够被看作是荒谬的一个避难所。艺术作品本身是一种荒谬的现象，而最关键的仅仅是它所作的描述。它并不是要为精神痛苦提供一种出路。相反，它本身就是在人的全部思想中使痛苦发生反响的征象之一。但是，它第一次使精神走出自身，并且把精神置于他人的面前，这不是为着使精神因之消逝，而是为着向精神明确指出这条所有人都已涉足但却没有出路的道路。在荒谬推理的时候，创造跟随着冷漠与发现。创造标志着荒谬的激情由之迸发出来的那个时刻，荒谬的推理就在这个时刻停止了。创造在本书中的地位就是这样被确认的。

只需阐明创造者和思想者的某些共同主题，我们就可以在艺术作品中找到荒谬所涉及的一切思想矛盾。事实上，创造者和思想者共同的主题并不是这样相同的结论，它们使理智成为相近的和类似的，它们自己又是矛盾的。思想和创造也是如此。我几乎不需要说，这是同一种苦痛促使人采取各种立场。正是由此，这些立场从一开始就是重合的。但是，我看到，在以荒谬为出发点的思想中，只有极少的部分坚持这些立场。正是通过考察这些思想的偏离和背离，我能最准确地确定哪些是只属于荒谬的东西。与此同时，我应该问一下：一部荒谬的作品是可能的吗?

我们不能过分坚持以往流行的艺术与哲学是互相对立的专断观点。如果人们想在一种极其确定的意义上理解这种对立，这种对立论肯定是错误的。如果只是要说这两种学科各自有其特殊的风貌，这种对立论是有道理的，但其内容仍是模糊不清的。唯一可接受的论据是：被封闭在其体系**之内**的哲学家与被置于其作品**前面**的艺术家之间的对立。但这对于我们在此并不太重视的艺术与哲学的某些形式也同样适用。认为艺术与其创造者互不相干的观点不仅仅是过时的，而且是错误的。与艺术家不同，从来没有一个哲学家建立起几种体系。就任何艺术家都从来没有以不同的面貌表达一个以上的事物而言，上面这种观点是对的。艺术瞬间的完美，艺术更新的必要性，这些只是由于偏见才变得真实。因为，艺术作品也是一种构建，而且每个人都知道，伟大的创造者多有可能成为平庸无奇之辈。艺术家与思想家一样，都投身于其作品中，并在其作品中成为自己。这种相互渗透的现象提出了美学中最重要的问题。再者，对于那些认为精神的目的是同一的人来说，没有比按照各种方法和对象进行的比较更无用的了。在人为了理解、为了爱所提出的学科之间不存在什么界限。它们互相渗透，而且相同的焦虑把它们结合在一起。

我们开始就提到这一点十分必要。荒谬的作品要成为可能，思想就必须以其最清晰的形式涉入到作品中。但同时思想必须不显现出来，除非作为指导性的理智。这个悖论可依据荒谬而得到阐明。艺术作品产生自理智拒绝理性化具体事物。它标志着肉体的胜利。正是清晰的思想激发起了艺术作品，然而在这一活动本身中，思想又否定了自己。它不会屈从于给所描述的东西加上一种更深刻的意义的诱惑，因为它知道这种意义是不正当的。艺术作品象征着理智的一种悲剧，但它只是间接地证明了这种悲剧。荒谬的作品要求一个艺术家意识到这些界限，并且要求一种艺术，在这种艺术中，“具体”除了意味着自身以外不再意味其他任何东西。荒谬的作品不能成为生活的目的、意义或安慰。创造还是不创造，都改变不了任何东西。荒谬的创造者并不重视他的作品。他可能会放弃他的作品，有时，他确实放弃了他的作品。这只需一片阿比西尼荒漠就足矣。

同时，人们在此还能看到一种美学规律：真正的艺术作品都是属于人的。从根本上讲，它是一种说得“最少”的作品。在一个艺术家的完整经验和反映这经验的作品之间，在《威廉·迈斯特》[①] 和歌德的成熟之间存在着某种关系。当艺术作品想在花边纸上给出解释文学的全部经验时，这种关系是有害的。当艺术作品只是经验的被分割出的一片断，只是

---

① 《威廉·迈斯特》，歌德的小说。——译注

钻石（内在的光芒凝聚在其中，但又没有被限制在其中）的一面的时候，这种关系又是有益的。在前一种情况下，负载过重，奢望永恒。在后一种情况下，作品由于整个经验所蕴含的东西而丰富，人们可猜想到这些经验是极其丰富的。对艺术家来讲，问题在于获得这种超越处世之道的处世之道。最后，在这种气候下的伟大的艺术家首先是一个生存者，他明白在此生活是经历也同样是思索。作品因此象征着理智的悲剧。荒谬的作品表明思想对荣誉的弃绝，表明它只顺从运用表象，并运用图像覆盖无来由之物的智慧。如果说世界是清晰的，艺术则不是。

我在此并没有谈及形式或颜色的艺术，在这些艺术中，唯有最富于简朴精神的描述占有统治地位。[①] 表现是从思想终结的地方开始的。这些睁着空虚的双眼云集于寺庙与博物馆的青年人，他们把自己的哲学付诸行动。在一个荒谬的人看来，这种哲学比所有图书馆都更有教益。在另一种形态下，音乐的情况也是同样。如果有一种艺术缺乏教益，那就是音乐的艺术。它与数学过于相似，因为它借用了数学的无功利性。这种精神按照约定俗成的、分寸得当的规律，在我们有声的空间中与自身游戏，而在这个世界的彼岸，种种喧嚣汇聚交错，形成了一个非人的世界。没有更纯净的情感了。这些例证过于简单。荒谬的人认识到这些和谐与形式就是他自己的。

---

① 奇怪的是，最富于智慧的画作，寻求把实在还原为其最原始因素的画作，从根本上说只是一种视觉的欢乐。它只保留了世界的颜色。——原注

但是，我还要在此谈到一种作品，在这种作品中解释的意图始终非常强烈，幻想自然出现，结论不可缺少。这就是我下面要说的小说的创造。我要探讨的是荒谬是否能在这种创造中维持下去。

思维，首先就意味着要创造一个世界（或者说限定自己的世界，其意是相同的）。这就是从把人与其经验分离的基本矛盾出发，依照人的回忆去找寻二者共同的天地，找寻一个被理性所框束的天地，找寻一个被类比所照亮的天地，这一天地能够消除那不可忍受的分离。哲学家是创造者，即使是康德这样的哲学家。他有自己的角色、自己的象征和自己秘密的行为。他还有自己的结局。反过来说，小说压倒诗歌与散文仅仅是表现了——不管它表面如何——艺术最伟大的理智化过程。我这里说的是那些最伟大的作品。一种文学形式的丰富和伟大常常是按照在它那里发现的糟粕来确定的。低劣小说的数量不应使人们忘记那些优秀小说的伟大，后者确实与前者一起创造了它们的天地。小说有其逻辑、推理、直观和假设，同样还有对明晰[①]的要求。

---

① 应该思考一下：这也可解释最糟糕的小说的产生。几乎所有的人都自认有能力思维，而且在某种范围内好歹都能真正地思维。然而，很少有人自认为具有诗人的想象或是语言大师。不过，从思想较之风格而占优势的时刻起，众人就争先恐后地涌向了小说。

但这个弊病并不像人们所说的那样严重。最优秀的人物最后更多的是向自身提出要求。而那些屈服的人，他们不值得再继续生活下去。——原注我在前面谈到的传统对立说在这种特殊的情况下就显得越发不合理了。在哲学与其作者很容易分离的时代，这种对立说是有价值的。而在思想不再追求普遍的永恒，思想最好的历史将是其悔恨的历史的今天，我们知道，当体系有价值时，它就与它的主人不可分离。《伦理学》就其一方面来说，只不过是一种漫长的和确定的表白。抽象的思想最终与其肉体的支撑结合起来。同样，身体和诸种激情更多地是受对世界的看法所控制的。人们不再是讲述“故事”，而是创造自己的天地。伟大的小说家都是哲学小说家，就是说是和主题作家对立的。巴尔扎克、萨德、梅尔维尔、司汤达、陀思妥耶夫斯基、普鲁斯特、马尔罗、卡夫卡[①]都是这样的作家，还有其他许多。

但是，这些作家选择用想象写作，而不是用推理写作，这种选择揭示了他们共同的一种思想，即认为任何解释的原则都是无用的，并确信可感觉的显象的启示。他们把作品既看作是终结也看作是起始。文学作品通常是一种难以表达的哲学的结果，是这种哲学的具体图解和完成。但是，作品只是由于受到这种哲学的暗示才成为完整的。它最终使一种古老主题的变种合理化：远离生活的思想很少，回归生活的思

① 萨德（Sade，1740—1814），法国作家。梅尔维尔（Melville，1819—1891），美国作家。司汤达（Stendhal，1783—1842），法国作家。马尔罗（Malraux，1901—1976），法国作家。卡夫卡（Kafka，1883—1924），捷克作家。——译注

想很多。思想没有能力使现实升华，它只止于模仿现实。我们谈到的小说是这样一种知识的工具，这种知识是相对的而且又是不可枯竭的，它与爱情的知识非常相似。小说创造是对爱情的主动赞扬和丰富思考。

这至少是我一开始就感受到的小说的种种魅力。但是，我还在那些落魄受辱的王孙公子们身上感受到同样的魅力，我随后能够思考他们的自杀。我所感兴趣的，就是认识并描述使他们向着幻想的共同道路而去的力量。下面我还要用同样的方法。由于已经使用这种方法，我得以简化我的推理并且及时用明确的例证概括之。我要知道，如果接受这种无望的生活，人们是否也能够同意无望地去工作和创造，我要知道，哪一条道路是通向这些自由的。我要把我的世界从其幻想中摆脱出来，并且只在这个世界里汇集我不能否认其在场的有血有肉的种种事实。我能够创作荒谬的作品，选择创造的立场，而不是选择另外一种态度。但是，一种荒谬立场要如此这般地保持下来就应该意识到它的无效性。荒谬的作品亦如此。如果荒谬的诸种指令在作品中没有受到尊重，如果作品没有表现分离和反抗，如果作品沉湎于幻想并引发出希望，那它就不再是无效的了。我就不再能够脱离它。我的生活就在其中获得一种意义：这是滑稽可笑的。我的生活就不再是一超脱的活动，也不再是使人的生命的光彩与无用都达至顶峰的激情。

在解释欲望最强烈的创造中，人们是否能够克服这种欲望呢？在最能意识到真实世界的虚幻世界中，我是否能始终忠实荒谬而不迎合想做总结的欲望呢？最后的努力面临着非常多的问题。我们已经明白这些问题意味着什么。这些问题是这样一种意识最后的顾虑：这种意识担心失去其最初的和困难的教益，得到的却是极大的幻觉。对于创造——被视作意识到荒谬的人可能采取的立场之一——有价值的东西，对于这个人所能有的一切生活方式也同样有价值。征服者或演员，创造者或唐璜可能忘记了：他们的生活实践若没有被意识到是无意义的就不可能进行。人们很容易习惯于常规。他们要赚钱以求幸福，而且他们的全部努力与其生命中最好的部分集中于赢得钱财。幸福被遗忘了，手段被当作了目的。同样，由于欲求找到通往更伟大的生活道路，征服者的努力将变成雄心。而唐璜，他将会顺从自己的命运，并且会对这只因反抗才有价值的存在感到满意。对前者，这就是意识，对后者，这就是反抗。在这两种情况下，荒谬都消失了。在人的心灵中充满着执着的希望。那些一无所有的人可能最终会相信幻想。这种由于对平静的需要而决定的赞同与对存在的赞同具有亲缘关系。因而存在着光明之神与泥塑偶像。重要的是找到表现人的各种面貌的中间道路。

我们至此讨论了荒谬要求的种种失败，我们正是从这些失败中最深刻地了解到荒谬的要求究竟是什么。同样，为了成为这方面有知识的，我们只需注意到小说创造可能像某些哲学那样也表现出暧昧性。我可以选择一部包罗上述一切推理的著作加以说明，这部著作标志着荒谬的意识，它的出发点是清楚的，风格是清晰的。这部著作的种种结局将对我们很有教益。如果荒谬在其中没有得到重视，我们也能知道幻想通过什么样的曲折道路被引入。创造者只须一个明确的例证、一种主题、一种忠诚就足够了。这涉及已经进行过的更为详尽的分析。

我将考察陀思妥耶夫斯基偏好的主题。本来我可以研究其他作家的作品，[①] 但是，陀思妥耶夫斯基的作品的丰富内涵与充沛激情有助于直接分析荒谬的问题，就像我们用之分析它已涉及的存在思想一样。双管齐下有助于我们达到目的。

---

① 比如马尔罗的作品。但是，那样就同时要涉及社会问题，实际上这是荒谬的思想不能避免的问题（尽管荒谬的思想可以提出几种完全不同的解决社会问题的方法）。所以我这里只选用了陀氏的作品。——原注

基里洛夫

陀思妥耶夫斯基作品中的所有主人公都执意探寻生活的意义，因此他们都具有现代人的气质：不惧怕世俗的讥讽。现代情感与传统情感的区别，就在于后者充满着道德问题，而前者则充满着形而上学的问题。这个问题在陀思妥耶夫斯基的小说中如此尖锐地提了出来，以致只能导出一些极端的解决办法。存在或者是幻觉或者是永恒。若陀思妥耶夫斯基这样考虑问题，他就会是哲学家。但是，他只是显明这些理智活动在人生中可能产生的结果，因此，他是艺术家。在这些结果中，最令他沉迷的是最后一个，他在《作家日记》中将之称作逻辑自杀。1876 年 12 月这部著作出版时，他确实想象了“逻辑自杀”的推论。绝望的人确认，对于不相信永生的人来说，人的存在是彻头彻尾的荒谬，因此他得出以下结论：

“既然就我关于幸福的种种问题，人们通过我意识的中介回答我说：我只有与大全和谐才能幸福，而这是我不设想而且也永远不会设想的，这是显而易见的……

“既然最终我事实上，同时扮演着原告和被告的双重身份，又同时扮演着被告与法官的双重身份；既然我认为这种性质的戏剧完全是愚蠢的，既然我觉得同意演这样的戏是耻辱……

“我以不容置疑的原告与被告、法官与被告的双重身份，判决这种轻率的、毫无顾忌的本性——它使我为着受难而生——我判处它和我一起灭亡。”

这种立场还带有一点幽默的成分。这个自杀者所以自杀，是因为在形而上学的层面，他被激怒了。从某种意义上讲，他是在报复。这是他用以证明人们“将得不到他”的方法。然而，我们知道，同样的主题在基里洛夫——《群魔》的主人公之一——身上异乎寻常地得到广泛而又深刻的具体化。基里洛夫也是一位逻辑自杀者。工程师基里洛夫在某地宣告他要结束自己的生命，因为这是他的“观念”。我们应该从这个词的本义去理解它。基里洛夫是为了一种观念、一种思想而准备去死的。这是高级的自杀。随着小说情节的发展，基里洛夫的面目逐渐被揭示，驱动着他去死亡的思想表现出来了。这位工程师实际上重拾着《作家日记》中的推理。他感到上帝是必要的，而且上帝应该存在。但他又知道，上帝并不存在，上帝也不能存在。“你怎么能不明白，”他疾呼，“这就是自杀的充足理由！”这种立场对他来说也包含着一些荒谬的结果。他漠然地任凭别人为了他蔑视的原因而利用他的自杀。“我已决定今天晚上自杀，我不在乎死亡。”他最终怀着自由与反抗相混杂的感情准备他的行动。“我打算自杀是为着证明我的独立以及我新的而又可怕的自由。”这里不再是复仇，而是反抗。基里洛夫于是成为一个荒谬的角色——他在这个基本限度内去自杀。但是，他自己解释这种矛盾，以这种方式他同时揭示了纯粹的荒谬的秘密。实际上，他为其死亡逻辑增添了一种极度的欲望，这种欲望为角色展现了其全部前景：他要自杀，为的是要成为上帝。

这样的推理具有传统的明证性。若上帝不存在，基里洛夫就是上帝。如果上帝不存在，基里洛夫就应该自杀。因此，基里洛夫是为着成为上帝而自杀。这种逻辑是荒谬的，但又顺理成章。然而有意义的是，应赋予这被引向尘世的神一种意义。这就又回过来说明了这样的一个前提：“如果上帝不存在，我就是上帝”，而这个前提的意义仍然相当模糊。问题是首先要注意，表明这种无意义的愿望的人在这个世界上生活得很幸福。为身体健康，他每天早上都做体操。他为萨托夫再次找到妻子而激动不已。他要在死后留给人们一张纸，他在纸上要画上一个向人们伸舌的人头。他天真，喜怒无常而又好激动，有条不紊而又多愁善感。对于“超人”，他只有逻辑和确定的观念，对于普通人，他则有他们的一切。但是，正是他在平静地谈论着他自己的神。他并没有疯，否则就是陀思妥耶夫斯基疯了。因而，并不是狂妄癔症使他受到震动。而且，若只从字面上理解基里洛夫的话那是可笑的。

基里洛夫本人有助于我们更深入地理解这个问题。在回答史塔福金纳的问题时，他明确指出他不是在谈论神人。人们会认为他是想区别于耶稣。但事实上，这是让耶稣成为附属。基里洛夫确实在某一时刻设想，那正在死去的耶稣**并不置身于天堂**。他于是认识到耶稣所受的酷刑是无用的。这位工程师说："自然的法则使耶稣在谎言中生活，而且为着一个谎言而死去。"只是从这个意义上讲，耶稣体现了人类的全部悲剧。他是完美的人，因为他是实现了最荒谬状况的人。他不是神人，而是人神。我们每个人都像他一样可能受磨难，可能受欺骗——而且在某种程度上就是他。

这里涉及的神于是完全是尘世的。"三年中，我苦寻我的神，我找到了。这神就是独立。"基里洛夫这样说。人们于是发现了基里洛夫的前提："如果上帝不存在，我就是上帝。"成为上帝，仅仅意味着在这大地上自由自在，不再为一个永生的存在效力。当然，成为上帝，这尤其意味着接受这痛苦的独立的全部结果。如果上帝存在，一切就都取决于他，我们全然不能违背他的旨意。如果他不存在，一切就都取决于我们自己。基里洛夫与尼采一样，认为杀死上帝，就是自己成为上帝——就是在今世实现《福音书》中所说的永生。[①]

但是，如果这形而上学的罪就足以实现人生，那为什么

---

① "史塔福金纳：您相信来世的永生吗？基里洛夫：不，但我相信今世的永生。"——原注

要在其中加入自杀呢？为什么在获得自由之后还要自杀、还要离开这个世界呢？这是矛盾的。基里洛夫清楚地明白这点，他补充说：“如果你感觉到‘这’，你就是沙皇，你就决不会自杀，你将生活在荣华富贵之巅。”但是，人们并不知道。人们并没有感觉到“这”。就如同在普罗米修斯[①]时代，人们依靠盲目的希望为生。人们需要别人给他们指明道路，并且预言对他们是不可缺少的。因此，基里洛夫应该是因爱人类而自杀的。他应该为他的兄弟们指明一条光明而又艰难的道路，他已先行在这条道路上。这是一种榜样式的自杀。基里洛夫就这样献出生命。但如果他受尽磨难，他就并没有被欺骗。他始终是人神，始终相信一种前途渺茫的死亡，沉浸在《福音书》式的忧郁之中。他说：“我，我所以是不幸的，是因为我**不得不**肯定我的自由。”然而，他死了，人们终于清醒了。这个世界上将充满沙皇，而且这个世界将被人的荣耀所照亮。基里洛夫的枪声将成为最后的革命信号。因此，促使基里洛夫去死的并不是绝望，而是他对邻人的爱。在结束这种难以描述的精神遭遇之前，血泊中的基里洛夫说出了一句与人的苦难一样古老的话：“一切都是美好的。”

陀思妥耶夫斯基有关自杀的论点于是成为一种荒谬的论点。在继续深入研究这个论点之前，只须注意到基里洛夫又化

---

① “人只是为着不自杀而创造了上帝。这概括了至今为止的整个历史。”——原注

为其他人物，这些人物再次涉及荒谬的论题。史塔福金纳和伊凡·卡拉马佐夫都在生活中实践了荒谬的真理。基里洛夫的死亡解救了他们。他们企图成为沙皇。史塔福金纳过着一种“可笑”的生活，我们都知道这是种什么样的生活。他遭到周围人的仇恨。但最应引起人们重视的是他写在遗书上的话：“我没能力恨任何东西。”他是冷漠的沙皇。伊凡也是同样，他拒绝放弃精神的种种至高无上的权力。对那些像他的兄弟那样，用自己的生活证明要信仰必须受辱的人们，他可以这样回答：生活条件是不足为道的。他关键的话是：“一切都是许可的，”这话带有一种相应的忧伤色调。当然，与最著名的杀死上帝的刽子手尼采一样，他最终神经失常。不过，这是一次应该去做的冒险，并且面对这些悲惨的结局，荒谬精神最重要的活动就是要提出这样的问题：“这证明了什么呢？”

因此，诸如《作家日记》这样的小说提出了荒谬的问题。这些小说建立了直至死亡的逻辑，建立了兴奋、“可怕”的自由以及成为了人的荣耀的沙皇的荣耀。一切都是美好的，一切都是许可的，没有什么东西是可憎的：这就是荒谬的判断。这些作品塑造了我们熟悉的火热的而又冰冷的存在，这是多么奇妙的创造啊！他们心中轰鸣的冷漠的然而又充满激情的世界在我们看来没有任何可怕的。我们在其中见到了日常的焦虑。大概没有人能像陀思妥耶夫斯基那样能赋予荒谬的世界如此可亲而又如此令人肝胆欲裂的魅力。

那么，他的结论是什么呢？有两段话可以显示导致作家进行其他的论述的形而上学的彻底颠倒。关于逻辑自杀的论证已遭到某些人的反对，《作家日记》出版后，陀思妥耶夫斯基发展了原来的观点并且总结说："如果说，永生的信仰对人的存在如此必要（若没有它，人就可能自杀），那么它就应是人类的通常状态。既然如此，人类灵魂的永生就是确定无疑地存在。"另外，在最后一部小说的结尾部分，即与上帝激烈的抗争搏斗结束时，孩子们问阿廖沙："卡拉马佐夫，宗教说，我们能死后再生，我们来世彼此可再次重逢，这是真的吗？"阿廖沙回答说："是真的，我们来世会重逢，我们将快乐地共叙今世的一切。"

这样基里洛夫、史塔福金纳和伊凡都失败了。《卡拉马佐夫兄弟》回应了《群魔》。这确实是一个结论。阿廖沙的情况并不像梅什金公爵的情况那样复杂难解。后者有病，生活在有着微笑和冷漠的永恒的现在之中，这种十分幸福的状态可能就是公爵所说的永恒的生活。阿廖沙则相反，他明确地说："我们将会重逢。"这就不再是自杀与疯狂的问题。对于坚信永生与欢乐的人来说，自杀与疯狂有什么用处呢？人以自己的神性去换取幸福。"我们将重叙今世的一切。"基里洛夫的枪声就这样在俄国某地响起，但世界依然凭着它盲目的希望转动着。人们并没有明白"这"。

因而，陀思妥耶夫斯基并不是一位与我们对话的荒谬小说家，而是一位存在小说家。在此，跳跃仍然是感人的，它把其全部的高贵赋予启迪它的艺术。这是一种动人的、充满怀疑的、不确定的、又热烈的认可。在谈到《卡拉马佐夫兄弟》时，陀思妥耶夫斯基说："这本书的每一章节都涉及到一个最重要的问题，那就是我在我的全部生活中有意无意为之感到痛苦的问题：上帝的存在。"人们难以相信，一部小说就能够把生活的所有痛苦改变成为欢乐的信念。一位评论家[①]说得好：陀思妥耶夫斯基与伊凡是同谋——《卡拉马佐夫兄弟》正面描写的章节需要用三个月的努力，而他所说的"亵渎神明的部分"三个星期就在狂热的状态下完成了。在他笔下，没有一个人物身上没有这根芒刺，没有人不加重这一不舒服，也没有一个人不是在感情和永生中寻找解药。[②]我们无论如何还是应该停留在这个疑点这里。在这部著作中，我们能够以其比阳光还要吸引人的明暗对比，把握到人们与希望进行的斗争。创造者最终选择了反对他自己塑造的角色。这种矛盾于是使我们能看到一种差别。这里涉及的不是一部荒谬的作品，而是提出荒谬问题的著作。

陀思妥耶夫斯基对荒谬的回答是屈辱，即史塔福金纳所说的"羞耻"。一部荒谬的著作则相反，它并不提供答案，这就是二者的全部差别。最后，我们要特别强调：在这部著

---

① 这里指的是鲍里斯·德·斯克勒泽尔。——原注

② 纪德奇特而又深刻的观点：陀思妥耶夫斯基笔下几乎所有的人物都是多恋的。——原注

作中，与荒谬背道而驰的并不是它的宗教特征，而是它对未来生活的预告。人们可能会同时是教徒和荒谬的人。世上还有一些基督徒并不相信未来的生活。因此，就艺术作品来说，我们是有可能明确给出荒谬分析的方向之一的，而我们在前面已能够预感到这个方向。这一分析导致人们提出“《福音书》的荒谬性”的问题。这一分析使这样一种经常出现的观念变得清晰起来：信仰并不阻止人们不信仰宗教。我们清楚地看到：熟悉这些道路的《群魔》的作者最终选择了一条完全不同的道路。创造者对自己创造的人物的回答，即陀思妥耶夫斯基对基里洛夫的回答实际上可以这样概括：生存是骗人的，而且它是永恒的。

没有未来的创造

我于是在此发现：人们永远不能摆脱希望，而且它能纠缠那些想摆脱它的人们。我前面谈到的作品之意义就在于此。我在创造的范围内至少能列举出几部真正荒谬的著作。[①] 但是，万事都须有个开始。我们现在研究的对象是某种虔诚。宗教之所以对异端派那么残酷，那是因为它认为最可怕的敌人莫过于歧路上的孩子。然而，对于正统教义的构建来说，诺斯替教派 [②] 勇敢的历史以及摩尼各教派的坚持不懈比一切祈祷的贡献都更大。若加以比较，可看出荒谬的情况亦如此。我们由于发现了远离荒谬的种种道路而认识了荒谬自己的道路。在荒谬的推论的终点，在荒谬逻辑所规定的立场之一那里发现希望以最感人的形象回来了并不是无关紧要的。这就指明了荒谬苦修的困难。这尤其指明了必须要不断地保持意识的存在，而这就又回到本书总的论题范围之中了。

但是，如果说现在还不到列举一些荒谬的著作的时候，

---

① 比如梅尔维尔的《白鲸》。——原注

② 亦称“灵智派”“神知派”，罗马帝国时期在地中海东部沿岸各地流行的许多神秘主义教派的统称。——编注

那我们至少可以对创造的立场进行总结，这是能够使荒谬存在得以完成的立场之一。唯有通过否定的思想，艺术才可能得到如此充分的利用。对一部伟大的智慧的作品来说，艺术的隐晦和谦恭的手段十分必要，这就如同黑色对白色是绝对必要那样。无目的的劳动和创造，在泥沙上雕刻，清楚地知道其创造是没有未来的，看到自己的作品在某一天消失，同时又意识到，这从根本上说并不比几个世纪中存在的建筑物更重要，这就是荒谬思想所认可的难以理解的智慧。荒谬的创造者就有两个任务：一是否定，二是颂扬，这是展现在荒谬创造者面前的道路。他应该将空无的各种色彩赋给空无。

这就导致关于艺术作品的一种特殊的观念。人们常常把创造者的作品看作一系列孤立的证明。这是把艺术家和文学家混淆一谈。深刻的思想总是处于生成之中，它吸取生活经验并且在生活中造就自己。同样，一个人的唯一创造是在他的作品的连续不断而又多样的面貌之中得到加强的。一些作品补充另一些作品，改正另一些作品，还会反对另一些作品。如果说有某种东西结束了创造，那决不是盲目了的艺术家的胜利而又虚幻的喊叫："我已说出了一切，"而是创造者的死亡，这一死亡结束他的经历和天才作品。

这种努力，这种超人的意识并不一定要向读者显示。在人的创造中没有什么神秘的东西。意志造成这一奇迹，但至少真正没有秘密的创造是不存在的。当然，一系列著作可能只是同一种思想的一系列衍生物。但是，人们可能会设想另外一种类型的创造者，这些创造者平行前行。他们的作品看起来似乎相互之间没有关联，在某种程度上，它们是互相矛盾的。但是，一旦这些著作被放在一起，它们就重新获得其自然的归属。因此，它们是在死亡那里获取自己最终的意义。它们接受了作者的生命之光。在这时，作者的一系列作品只不过是一系列的失败。但是，如果这些失败都保留着同一个反响，创造者就能够重复他自己状况的图像，并且使他所掌握的贫乏的秘密产生反响。

追求统治的力量在此不容忽视。但人的智慧足以超过它。它将仅仅揭示创造的意志的方面。我在别处已指出，人的意志除了保持意识之外别无其他目的。但是，若没有人的节制，这种保持是万不可能的。主张忍耐和清醒的各种学说都认为，创造是最有效的保持。创造还是对人至高无上的尊严的最激动人心的证明：即不屈不挠地与其环境条件做斗争，坚持不懈地努力奋斗，虽则这种努力被看作是无效的。它要求日常不懈的努力，要求自我节制，要求准确地估计真实的东西、要求准确估计限度及力量的界限。它确立了一种苦修（这一切都没有任何目的，只是重复和停滞），但是，伟大的艺术作品自身的重要性小于它要求一个人忍受的经历；小于它为克服幻想并更接近纯粹实在所提供的机遇。

我们不应对美学有所误解。我在此要求的并不是对一个论题做耐心的了解，也不是对一个论题做无休止的和枯燥无味的说明。如果我表达得够清楚的话，事情正好相反。主题小说，即以证明为目的的小说，是所有作品中最可恨的，它最经常地受到一种**心满意足**的思想的左右。人们阐释他们认为已掌握在手的真理。但是，人们要实行的是一些观念，而这些观念与思想截然相反。这些创造者是可耻的哲学家，而我所讲的或设想的创造者则是清醒的思想家。他们在思想回归自身的某一点上，把自己的作品树立为有限、要死的反抗思想的鲜明象征。

这些作品可能证明了某种东西。但是，小说家与其说是向他者证明什么，不如说是向自己证明什么。重要的是他们要在具体之中获胜，这正是他们的伟大之处。这种肉体上的胜利是通过思想酝酿而成的，抽象的权力在这种思想中受到鞭笞。当小说家们完全获胜时，肉体就同时使得创造闪耀着荒谬之光。正是那些玩世不恭的哲学家们创造了激动人心的作品。

任何否认统一的思想都颂扬多样性，而多样性就是艺术的领地。唯一能够解放精神的思想就是这样一种思想：它让精神自己存在在那里，而这一精神确知自己的局限和马上到来的结果。没有任何理论可吸引精神，精神期待的是作品与生命的成熟。作品脱离精神，将会再一次地发出（永远摆脱了希望的）灵魂的几乎是震耳欲聋的声音。或者，如果创造者放弃他的事业，宣称要改变方向，那作品就会默默无闻。二者是对等的。

因此，我向荒谬的创造要求我曾向思想索取的反抗、自由和多样性。创造随之表现出它深刻的无效性。在这理智与激情混杂于其中并互相冲击的日常努力之中，荒谬的人发现了构成他的各种力量的基础的规律。应该进行的实践，不屈不挠的精神和清醒的意识就这样构成了征服的立场。创造，就是赋予其命运一种形式。对所有这些角色来说，他们的作品规定了他们，至少是以作品被这些角色所确定的样子。戏剧演员已经告诉我们：表现一个角色和成为那个角色，这之间没有界限。

我们要再重复一遍。以上所说并不包含什么实在的意义。在自由之路上，还有进一步要做的事。这些彼此相近的精神——创造的和进取的精神——最后还应努力从自己的事业中自我解放出来：认识到事业——无论它是征服、爱情还是创造——可能不存在。它还要完成全部个体生活的深刻的无效性。这使精神在完成事业的过程中得到更多的快乐，就像发现生活的荒谬性使精神得以更无节制地沉浸于荒谬中那样。

还需要谈的是，其唯一出路是宿命的命运。在这唯一的死亡命运之外，一切快乐或幸福都是自由。人是维系这个世界的唯一主人。与这个世界相联系的是对另一个世界的幻想。这个世界的思想命运不再是自我否定，而是重新活跃起来的形象。思想表现着自己——当然是在神话中——但这是些除了人的痛苦之外就没有其他深刻含义的神话，而且这些神话和人的痛苦一样无穷无尽。这不是嬉戏与盲目的神话寓言，而是人间的面貌、经历和悲剧，其中有千辛万苦的智慧和义无反顾的激情。

西西弗神话

诸神处罚西西弗不停地把一块巨石推上山顶，而石头由于自身的重量又滚下山去。诸神认为再也没有比进行这种无效无望的劳动更为严厉的惩罚了。

荷马说，西西弗是最终要死的人中最聪明最谨慎的人。但另有传说说他从事强盗生涯。我看不出其中有什么矛盾。各种说法的分歧在于他成为这地狱中的无效劳动者的原因。人们首先谴责他以某种轻率的态度对待诸神，并泄露他们的隐私。阿索玻斯的女儿埃癸娜[①]被朱庇特劫走。父亲对女儿的失踪大为震惊并且向西西弗抱怨。深知内情的西西弗对阿索玻斯说，他可以告诉他女儿的消息，但必须以给柯兰特城堡供水为条件。他愿意得到水的圣浴，而不是天火雷电。他因此被罚下地狱。荷马告诉我们西西弗曾经扼住过死神。普鲁托[②]忍受不了地狱王国的荒凉寂寞。他派遣战神出去，这战神将死神从战胜者手中解放了出来。

还有人说，西西弗在临死前冒失地想检验妻子对他的爱情。他命令她不埋葬他而是把他的尸体扔在广场中央。西西弗于是走入地狱。他在地狱里对如此违背人类之爱的行径感到十分愤慨，获得普鲁托的允诺重返人间以惩罚他的妻子。但当他又一次看到这大地的面貌，重新领略流水、阳光的抚爱，重新感受那温暖的石头、辽阔的大海的时候，他就再也

① 阿索玻斯，希腊神话中的河神，埃癸娜是他的女儿。——译注

② 普鲁托，罗马神话中的冥王。——译注

不愿回到阴森的地狱中去了。冥王的召令、愤怒和警告都无济于事。他又在地球上生活了多年，面对起伏的山峦，奔腾的大海和大地的微笑，他又生活了多年。诸神于是进行干涉。墨丘利[①]跑来揪住这冒犯者的领子，把他从欢乐的生活中拉了出来，强行把他重新投入地狱，在那里，为惩罚他而设的巨石已准备就绪。

我们已经明白：西西弗是个荒谬的英雄。他之所以是荒谬的英雄，既因为他的激情也因为他所经受的磨难。他藐视神，仇恨死亡，对生活充满激情，这必然使他受到难以尽述的非人折磨：其整个存在都用于没有效果的活动之中。这是对大地的无限热爱所必须付出的代价。人们没有谈西西弗在地狱里的情况。创造这些神话是为了让神话在想象中栩栩如生。在西西弗神话这里，我们只看到这样一幅图画：一个紧张的身体千百次地重复一个动作：搬动巨石，滚动它并把它推至山顶；我们看到的是一张痛苦扭曲的脸，看到的是紧贴在巨石上的面颊，落满泥土的肩膀，沾满泥土的双脚，完全绷直的胳膊，以及坚实的满是泥土的人的双手。经过不知多少的空间和时间，在这一长时间的努力的终点，目的达到了。然后，西西弗看到巨石在几秒钟内又向着下面的世界滚下，而他则必须把这巨石重新推向山顶。他于是又向山下走去。

正是因为这种回复、停歇，我对西西弗产生了兴趣。这

① 墨丘利，罗马神话中众神的使者，商业之神。——译注

一张饱经磨难近似石头般坚硬的面孔已经成了石头！我看到这个人以沉重而均匀的脚步走向那无尽的苦难。这个时刻就像呼吸那样，它与西西弗的不幸一样肯定会到来的，而这个时刻就是觉醒的时刻。在每一个这样的时刻中，他离开山顶并且逐渐地走入到诸神的巢穴中去，他高于自身的命运。他比他搬动的巨石还要坚硬。

如果说，这个神话是悲剧的，那是因为它的主人公是有意识的。若他走的每一步都有成功的希望的支持，那他的痛苦实际上又在哪里呢？今天的工人终生都在劳动，终日完成同样的工作，这样的命运与西西弗的命运同样荒谬。但是，这种命运只有在非常少的时刻，只有在工人变得有意识的时刻才是悲剧性的。西西弗，这诸神中的无产者，这进行无效劳役而又进行反叛的无产者，他完全清楚自己所处的悲惨境地：在他下山时，他想到的正是这悲惨境地。造成西西弗痛苦的清醒意识同时也就造就了他的胜利。不存在蔑视不能超越的命运。

如果西西弗下山推石在某些天里痛苦地进行，那么这个工作也可以在欢乐中进行。这并不是言过其实。我还想象西西弗又回头走向他的巨石，痛苦又重新开始。当对大地的想象过于依附于回忆，当对幸福的憧憬过于急切，那悲伤就在人的心灵深处升起：这是巨石的胜利，这是巨石本身。巨大的悲痛是难以承担的重负。这就是我们的客西马尼[①]之夜。

---

① 客西马尼，福音书中所说的耶稣被犹大出卖而遭大祭司抓捕前所在的地方，位于橄榄山下。耶稣在此做最后的祷告，而门徒们都在沉睡。——译注

但是，不可抗拒的真理一旦被认识就会衰竭。因此，俄狄浦斯在不知道命运的情况下首先服从了命运，而一旦他知道了命运，他的悲剧就开始了。与此同时，两眼失明而又丧失希望的俄狄浦斯认识到，他与世界之间的唯一联系就是一个年轻姑娘鲜润的手。他于是毫无顾忌地发出这样震撼人心的声音："尽管我历尽艰难困苦，但我年逾不惑，我的灵魂深邃伟大，因而我认为一切都是美好的。"索福克勒斯[①]的俄狄浦斯与陀思妥耶夫斯基的基里洛夫都提出了荒谬胜利的法则。先贤的智慧与现代英雄主义汇合了。

人们如果不想写一本幸福手册，就不会发现荒谬。"哎，什么！就凭这些如此狭窄的道路？……"但是，世界只有一个。幸福与荒谬是同一大地的两个产儿。它们是不可分的。若说幸福一定来自于发现了荒谬，那可能是错误的，因为荒谬感还很可能产生于幸福。"我认为一切都是美好的"，俄狄浦斯说，而且这种说法是神圣的。它回响在人的疯狂而又有限的世界之中。它告诉人们一切都还没有也从没有被穷尽过。它把一个上帝从世界中驱逐出去，这个上帝是怀着不满足的心理以及对无效痛苦的偏好而进入人间的。它还把命运改造成为一件应该在人们之中得到解决的人的事情。

西西弗无声的全部快乐就在于此。他的命运是属于他的。他的岩石是他的事情。同样，当荒谬的人深思他的痛苦时，

① 索福克勒斯（约前 496—前 406），雅典三大悲剧作家之一。——编注

他就使一切偶像哑然失声。在这突然重回沉默的世界中，大地升起千万个美妙细小的声音。无意识的、秘密的召唤，一切面貌提出的要求，这些是胜利所必不可少的对立面和应付的代价。不存在无阴影的太阳，而且必须认识黑夜。荒谬的人说“是”，而且他的努力将会永不停息。如果有一种个人的命运，就不会有更高的命运，或至少可以说，只有一种被人看作是必然的和应受蔑视的命运。此外，荒谬的人知道，他是自己生活的主人。在人回归到自己的生活之中的微妙时刻，西西弗回身走向巨石，静观这一系列没有关联并变成了他的命运的行动，他的命运是他自己创造的，是在他的记忆的注视下聚合而又马上会被他的死亡固定的命运。因此，一开始就坚信一切人的东西都是源于人的，西西弗就像盲人渴望看见而又知道黑夜是无穷尽的一样，永远行进。而巨石仍在滚动。

我把西西弗留在山脚下！人们总是看到他身上的重负。而西西弗告诉我们，最高的虔诚是否认诸神并且搬动石头。他也认为一切都是美好的。这个从此没有主宰的世界对他来讲既不是荒漠，也不是沃土。这块巨石上的每一颗粒，这黑夜笼罩的高山上的每一颗矿砂对西西弗一人都是一个世界。他爬上山顶的斗争本身就足以使一个人心里感到充实。应该认为，西西弗是幸福的。

汉译文学名著

第一辑书目（30种）

伊索寓言	〔古希腊〕伊索著　王焕生译
一千零一夜	李唯中译
托尔梅斯河的拉撒路	〔西〕佚名著　盛力译
培根随笔全集	〔英〕弗朗西斯·培根著　李家真译注
伯爵家书	〔英〕切斯特菲尔德著　杨士虎译
弃儿汤姆·琼斯史	〔英〕亨利·菲尔丁著　张谷若译
少年维特的烦恼	〔德〕歌德著　杨武能译
傲慢与偏见	〔英〕简·奥斯丁著　张玲、张扬译
红与黑	〔法〕斯当达著　罗新璋译
欧也妮·葛朗台 高老头	〔法〕巴尔扎克著　傅雷译
普希金诗选	〔俄〕普希金著　刘文飞译
巴黎圣母院	〔法〕雨果著　潘丽珍译
大卫·考坡菲	〔英〕查尔斯·狄更斯著　张谷若译
双城记	〔英〕查尔斯·狄更斯著　张玲、张扬译
呼啸山庄	〔英〕爱米丽·勃朗特著　张玲、张扬译
猎人笔记	〔俄〕屠格涅夫著　力冈译
恶之花	〔法〕夏尔·波德莱尔著　郭宏安译
茶花女	〔法〕小仲马著　郑克鲁译
战争与和平	〔俄〕列夫·托尔斯泰著　张捷译
德伯家的苔丝	〔英〕托马斯·哈代著　张谷若译
伤心之家	〔爱尔兰〕萧伯纳著　张谷若译
尼尔斯骑鹅旅行记	〔瑞典〕塞尔玛·拉格洛夫著　石琴娥译
泰戈尔诗集：新月集·飞鸟集	〔印〕泰戈尔著　郑振铎译
生命与希望之歌	〔尼加拉瓜〕鲁文·达里奥著　赵振江译
孤寂深渊	〔英〕拉德克利夫·霍尔著　张玲、张扬译
泪与笑	〔黎巴嫩〕纪伯伦著　李唯中译
血的婚礼——加西亚·洛尔迦戏剧选	〔西〕费德里科·加西亚·洛尔迦著　赵振江译
小王子	〔法〕圣埃克苏佩里著　郑克鲁译
鼠疫	〔法〕阿尔贝·加缪著　李玉民译
局外人	〔法〕阿尔贝·加缪著　李玉民译

第二辑书目（30 种）

枕草子	〔日〕清少纳言著　周作人译
尼伯龙人之歌	佚名著　安书祉译
萨迦选集	石琴娥等译
亚瑟王之死	〔英〕托马斯·马洛礼著　黄素封译
呆厮国志	〔英〕亚历山大·蒲柏著　李家真译注
波斯人信札	〔法〕孟德斯鸠著　梁守锵译
东方来信——蒙太古夫人书信集	〔英〕蒙太古夫人著　冯环译
忏悔录	〔法〕卢梭著　李平沤译
阴谋与爱情	〔德〕席勒著　杨武能译
雪莱抒情诗选	〔英〕雪莱著　杨熙龄译
幻灭	〔法〕巴尔扎克著　傅雷译
雨果诗选	〔法〕雨果著　程曾厚译
爱伦·坡短篇小说全集	〔美〕爱伦·坡著　曹明伦译
名利场	〔英〕萨克雷著　杨必译
游美札记	〔英〕查尔斯·狄更斯著　张谷若译
巴黎的忧郁	〔法〕夏尔·波德莱尔著　郭宏安译
卡拉马佐夫兄弟	〔俄〕陀思妥耶夫斯基著　徐振亚、冯增义译
安娜·卡列尼娜	〔俄〕列夫·托尔斯泰著　力冈译
还乡	〔英〕托马斯·哈代著　张谷若译
无名的裘德	〔英〕托马斯·哈代著　张谷若译
快乐王子——王尔德童话全集	〔英〕奥斯卡·王尔德著　李家真译
理想丈夫	〔英〕奥斯卡·王尔德著　许渊冲译
莎乐美 文德美夫人的扇子	〔英〕奥斯卡·王尔德著　许渊冲译
原来如此的故事	〔英〕吉卜林著　曹明伦译
缎子鞋	〔法〕保尔·克洛岱尔著　余中先译
昨日世界：一个欧洲人的回忆	〔奥〕斯蒂芬·茨威格著　史行果译
先知 沙与沫	〔黎巴嫩〕纪伯伦著　李唯中译
诉讼	〔奥〕弗兰茨·卡夫卡著　章国锋译
老人与海	〔美〕欧内斯特·海明威著　吴钧燮译
烦恼的冬天	〔美〕约翰·斯坦贝克著　吴钧燮译

第三辑书目（40种）

埃达	〔冰岛〕佚名著　石琴娥、斯文译
徒然草	〔日〕吉田兼好著　王以铸译
乌托邦	〔英〕托马斯·莫尔著　戴镏龄译
罗密欧与朱丽叶	〔英〕莎士比亚著　朱生豪译
李尔王	〔英〕莎士比亚著　朱生豪译
大洋国	〔英〕哈林顿著　何新译
论批评　云鬟劫	〔英〕亚历山大·蒲柏著　李家真译注
论人	〔英〕亚历山大·蒲柏著　李家真译注
亲和力	〔德〕歌德著　高中甫译
大尉的女儿	〔俄〕普希金著　刘文飞译
悲惨世界	〔法〕雨果著　潘丽珍译
安徒生童话与故事全集	〔丹麦〕安徒生著　石琴娥译
死魂灵	〔俄〕果戈理著　郑海凌译
瓦尔登湖	〔美〕亨利·大卫·梭罗著　李家真译注
罪与罚	〔俄〕陀思妥耶夫斯基著　力冈、袁亚楠译
生活之路	〔俄〕列夫·托尔斯泰著　王志耕译
小妇人	〔美〕路易莎·梅·奥尔科特著　贾辉丰译
生命之用	〔英〕约翰·卢伯克著　曹明伦译
哈代中短篇小说选	〔英〕托马斯·哈代著　张玲、张扬译
卡斯特桥市长	〔英〕托马斯·哈代著　张玲、张扬译
一生	〔法〕莫泊桑著　盛澄华译
莫泊桑短篇小说选	〔法〕莫泊桑著　柳鸣九译
多利安·格雷的画像	〔英〕奥斯卡·王尔德著　李家真译注
苹果车——政治狂想曲	〔英〕萧伯纳著　老舍译
伊坦·弗洛美	〔美〕伊迪斯·华尔顿著　吕叔湘译
施尼茨勒中短篇小说选	〔奥〕阿图尔·施尼茨勒著　高中甫译
约翰·克利斯朵夫	〔法〕罗曼·罗兰著　傅雷译
童年	〔苏联〕高尔基著　郭家申译
在人间	〔苏联〕高尔基著　郭家申译
我的大学	〔苏联〕高尔基著　郭家申译

地粮　〔法〕安德烈·纪德著　盛澄华译
在底层的人们　〔墨〕马里亚诺·阿苏埃拉著　吴广孝译
啊，拓荒者　〔美〕薇拉·凯瑟著　曹明伦译
云雀之歌　〔美〕薇拉·凯瑟著　曹明伦译
我的安东妮亚　〔美〕薇拉·凯瑟著　曹明伦译
绿山墙的安妮　〔加〕露西·莫德·蒙哥马利著　马爱农译
远方的花园——希梅内斯诗选　〔西〕胡安·拉蒙·希梅内斯著　赵振江译
城堡　〔奥〕弗兰茨·卡夫卡著　赵蓉恒译
飘　〔美〕玛格丽特·米切尔著　傅东华译
愤怒的葡萄　〔美〕约翰·斯坦贝克著　胡仲持译

第四辑书目（30种）

伊戈尔出征记　李锡胤译
莎士比亚诗歌全集——十四行诗及其他　〔英〕莎士比亚著　曹明伦译
伏尔泰小说选　〔法〕伏尔泰著　傅雷译
海上劳工　〔法〕雨果著　许钧译
海华沙之歌　〔美〕朗费罗著　王科一译
远大前程　〔英〕查尔斯·狄更斯著　王科一译
当代英雄　〔俄〕莱蒙托夫著　吕绍宗译
夏洛蒂·勃朗特书信　〔英〕夏洛蒂·勃朗特著　杨静远译
缅因森林　〔美〕梭罗著　李家真译注
鳕鱼海岬　〔美〕梭罗著　李家真译注
黑骏马　〔英〕安娜·休厄尔著　马爱农译
地下室手记　〔俄〕陀思妥耶夫斯基著　刘文飞译
复活　〔俄〕列夫·托尔斯泰著　力冈译
乌有乡消息　〔英〕威廉·莫里斯著　黄嘉德译
生命之乐　〔英〕约翰·卢伯克著　曹明伦译
都德短篇小说选　〔法〕都德著　柳鸣九译
无足轻重的女人　〔英〕奥斯卡·王尔德著　许渊冲译
巴杜亚公爵夫人　〔英〕奥斯卡·王尔德著　许渊冲译
美之陨落：王尔德书信集　〔英〕奥斯卡·王尔德著　孙宜学译
名人传　〔法〕罗曼·罗兰著　傅雷译
伪币制造者　〔法〕安德烈·纪德著　盛澄华译
弗罗斯特诗全集　〔美〕弗罗斯特著　曹明伦译

弗罗斯特文集 〔美〕弗罗斯特著 曹明伦译
卡斯蒂利亚的田野：马查多诗选 〔西〕安东尼奥·马查多著 赵振江译
人类群星闪耀时：十四幅历史人物画像
〔奥〕斯蒂芬·茨威格著 高中甫、潘子立译
被折断的翅膀：纪伯伦中短篇小说选 〔黎巴嫩〕纪伯伦著 李唯中译
蓝色的火焰：纪伯伦爱情书简 〔黎巴嫩〕纪伯伦著 薛庆国译
失踪者 〔奥〕弗兰茨·卡夫卡著 徐纪贵译
获而一无所获 〔美〕欧内斯特·海明威著 曹明伦译
第一人 〔法〕阿尔贝·加缪著 闫素伟译

第五辑书目（30 种）

坎特伯雷故事 〔英〕乔叟著 李家真译注
暴风雨 〔英〕莎士比亚著 朱生豪译
仲夏夜之梦 〔英〕莎士比亚著 朱生豪译
山上的耶伯：霍尔堡喜剧五种 〔丹麦〕霍尔堡著 京不特译
华兹华斯叙事诗选 〔英〕威廉·华兹华斯著 秦立彦译
富兰克林自传 〔美〕富兰克林著 叶英译
别尔金小说集 〔俄〕普希金著 刘文飞译
三个火枪手 〔法〕大仲马著 江城子译
谁之罪? 〔俄〕赫尔岑著 郭家申译
两河一周 〔美〕梭罗著 李家真译注
伊万·伊里奇之死 〔俄〕列夫·托尔斯泰著 张猛译
蓝眼盗 〔墨〕阿尔塔米拉诺著 段若川、赵振江译
你往何处去 〔波兰〕亨利克·显克维奇著 林洪亮译
俊友 〔法〕莫泊桑著 李青崖译
认真最重要 〔英〕奥斯卡·王尔德著 许渊冲译
五重塔 〔日〕幸田露伴著 罗嘉译
窄门 〔法〕安德烈·纪德著 桂裕芳译
我们中的一员 〔美〕薇拉·凯瑟著 曹明伦译
薇拉·凯瑟短篇小说集 〔美〕薇拉·凯瑟著 曹明伦译
太阳宝库 船木松林 〔俄〕普里什文著 任子峰译
堂吉诃德之路 〔西〕阿索林著 王军译
给一个青年诗人的十封信 〔奥〕里尔克著 冯至译

与魔的搏斗：荷尔德林、克莱斯特、尼采　〔奥〕斯蒂芬·茨威格著　潘璐、任国强、郭颖杰译

幽禁的玫瑰：阿赫玛托娃诗选　〔俄〕安娜·阿赫玛托娃著　晴朗李寒译

日瓦戈医生　〔俄〕帕斯捷尔纳克著　力冈译

总统先生　〔危地马拉〕M. A. 阿斯图里亚斯著　董燕生译

雪国　〔日〕川端康成著　尚永清译

永别了，武器　〔美〕欧内斯特·海明威著　曹明伦译

聂鲁达诗选　〔智利〕巴勃罗·聂鲁达著　赵振江译

西西弗神话　〔法〕阿尔贝·加缪著　杜小真译

图书在版编目(CIP)数据

西西弗神话/(法)阿尔贝·加缪著;杜小真译.—
北京:商务印书馆,2024
(汉译世界文学名著丛书)
ISBN 978-7-100-23237-1

Ⅰ.①西…　Ⅱ.①阿…②杜…　Ⅲ.①随笔—作品集—法国—现代　Ⅳ.①I565.65

中国国家版本馆CIP数据核字(2023)第226662号

汉译世界文学名著丛书
西西弗神话
〔法〕阿尔贝·加缪 著
杜小真 译

商 务 印 书 馆 出 版
(北京王府井大街36号　邮政编码100710)
商 务 印 书 馆 发 行
北京通州皇家印刷厂印刷
ISBN 978-7-100-23237-1

2024年1月第1版　　开本850×1168 1/32
2024年1月北京第1次印刷　　印张4⅞ 插页1

定价:32.00元